I0674839

3799

# BIBLIOTHÈQUE

# BIBLIOPHILO-FACÉTIEUSE.

ÉDITÉE

PAR LES FRÈRES GÉBÉODÉ.

**TROISIÈME PUBLICATION.**

TIRÉ A 60 EXEMPLAIRES POUR LE COMMERCE.

1856.

# CHANSONS

# HISTORIQUES ET SATIRIQUES

## SUR LA COUR DE FRANCE.

# AVANT-PROPOS.

———◆———

Il existe, personne ne l'ignore, de volumineuses
collections manuscrites de chansons qui embras-
sent presqu'en entier la durée du dix-septième
et du dix-huitième siècle.  Peu nombreuses au
commencement et à la fin de cette période, c'est-
à-dire sous le règne de Louis XIII et sous celui
de Louis XVI, elles se multiplient sous Louis
XIV et à l'époque de la Régence.  Le plus célèbre, le plus complet de ces recueils est celui
que le Comte de Maurepas fit copier, et qui se
trouve aujourd'hui à Paris à la Bibliothèque Impériale.

La publication complète de ces poésies, presque toutes inédites, serait un service rendu à
l'histoire.  Malheureusement le genre de la plu-
part de ces *Lampons*, de ces *Flon-flons*, de ces
*Branles*, de ces *Biribis*, ne permet pas à la typo-

graphie de les reproduire. Nous nous sommes contentés, dans le petit recueil que nous avons formé, de choisir ce qu'on pouvait mettre sous les yeux d'un lecteur un peu aguerri, sans le forcer à rougir ou à se détourner avec dégoût ; nous craignons cependant de ne pas nous être montré parfois assez scrupuleux ; mais il fallait bien offrir un échantillon fort adouci de ce que fut durant un siècle (de 1640 à 1740) la licence non de la presse, mais du couplet. Nous savons que le lecteur Français veut être respecté, aussi nous est-il arrivé en deux ou trois endroits qu'un lecteur perspicace devinera, sans trop de peine, de remplacer, par un mot imprimé en italique, une expression trop vive que nous offrait le texte original.

Divers écrivains ont mentionné ces *sottisiers* manuscrits que nous avons eu le tort de feuilleter. Un écrivain ingénieux et bien au fait des annales intimes des deux derniers siècles, M. F. Barrière, disait en publiant les Mémoires du Comte de Brienne, "L'histoire de France en vaudeville est bien l'histoire la plus scandaleuse qui ait jamais été écrite. Ces vaudevilles peignent à la fin le désordre des mœurs et l'audace effrenée des satiriques ; ni le sexe, ni l'âge, ni le rang, ni la condition ne peuvent trouver grâce à leurs yeux. Un grand nombre de ces chansons égalent au moins la noirceur des couplets attribués à J. B. Rousseau et la poétique obscénité de Piron."

M. Cousin n'a pas dédaigné d'emprunter quelques passages aux recueils de la Bibliothèque de l'Arsenal et de la Bibliothèque Impériale.*

M. Walckenaer cite à diverses reprises les collections manuscrites de chansons dans les notes qu'il a jointes à son excellente édition des ' Caractères' de La Bruyère,† et M. Eugène Sue a parlé en ces termes de ces mêmes recueils dans son roman de ' Latréaumont :' "On voit facilement par la particularité et les détails contenus dans ces chansons qu'elles ont été composées par des gens de la plus haute compagnie et des mieux instincts ; mais le cynisme de ces couplets est souvent poussé à un tel point qu'il serait presqu'impossible de citer toutes entières une multitude de ces pièces. C'est là cependant qu'on apprend de bonnes vérités, négligées par les historiens, surtout par les historiographes, et

* Voir ' La Jeunesse de Madame de Longueville,' 1853, pp. 184, 210, 368.

† Paris, Didot, 1846, pp. 666, 700, 719, 721.

qu'on découvre de petits faits qui parfois ont eu de l'importance sur de grands événements."

Nous pourrions donner à notre préface les dimensions d'un livre ; nous préférons la maintenir dans de fort étroites limites et laisser la parole aux rimeurs anonymes dont nous avons transcrit les malices les plus innocentes. Par ci, par là, nous avons jeté, au fil de la plume, quelques notes, pour lesquelles nous demandons indulgence. Un commentaire trop étendu n'eût pas été à sa place dans le petit volume que nous offrons à un cercle restreint de bibliophiles.

# CHANSONS

## HISTORIQUES ET SATIRIQUES

### SUR LA COUR DE FRANCE.

———◆———

### 1615.

*Guéridon.*

Si la reine alloit avoir
    Un enfant dans le ventre,
Il seroit bien noir,
    Car il seroit d'ancre.
O guéridon, guéridon, dondaine !
O guéridon, guéridon, don, don ![1]

[1] Ce couplet, dont le mérite est tout entier dans une équivoque facile à saisir, a été reproduit dans la 'Correspondance' de Madame, Duchesse d'Orléans et mère du Régent (t. I. p. 416, traduction publiée par C. Brunet, Paris, Charpentier, 1855).

## 1636.

La Combalet[1] se plaint fort
De ce que l'on dit d'elle,
Et jure qu'on a grand tort
De l'appeler pucelle,
Car elle a passé son temps,
Et son oncle est trop puissant
Pour la laisser pucelle.

[1] Marie Madeleine de Vignerod, nièce du Cardinal Richelieu; elle n'eut point d'enfant de son mari, fut créée Duchesse d'Aiguillon en 1638, et mourut en 1675. Voici un autre couplet, assez original, qui s'offre à nous à son égard :—

Madame d'Aiguillon,
L'original des saintes,
Va faire un bataillon
De pucelles enceintes,
Mais là quand combattre il faudra
Chacun *rira*.

Voir 'L'Histoire des Amours de Grégoire VII., du Cardinal Richelieu :' Cologne, 1700.

## 1642.

Roquelaure et Saint-Maingrin
Ont tenu jusqu'à la fin

Pour le maréchal de Guiche,
Qui fuit tout comme une biche.
Lampons, lampons, camarades, lampons !

Quand il fut à Saint-Quentin,
On lui présenta du vin :
‘ Monseigneur, prenez courage,
Il vous reste encore un page.’

Guiche disoit à Rousseau :
‘Soutenez bien les assauts
Pour l’honneur de la couronne ;
J’aurai soin de ma personne.’

Il s’agit de la bataille d’Honnecourt, que le Duc de Guiche eut, dit-on, la complaisance de perdre pour tirer d’embarras le Cardinal de Richelieu, qui voulait se rendre nécessaire. Voir les ‘Mémoires’ de Montglat, t. I. p. 393.

---

Parmis les faiseurs de vers outrageants pour la reine, Anne d’Autriche, que les troubles de la Fronde mirent en mesure d’élever la voix, et qui reprochèrent à la Régente de trop intimes liaisons avec Mazarin, nul ne surpassa Blot[1] sous le rapport de l’audace. Nous laissons

---

[1] Mort en 1655 ; il était gentilhomme de Gaston, Duc d’Orléans, frère de Louis XIII. Madame de Sévigné a dit avec raison que ses couplets *avaient le diable au corps*.

de côté des tirades du plus odieux cynisme; nous nous
en tiendrons à quelques citations.

> Si dame Anne vouloit,
> On la caresseroit
> Tout aussi bien que votre Éminence,
> Et tout bien mieux iroit
> En France.

> Un mort causoit notre réjouissance,
> Les gens de bien vivoient en espérance;
> Mais
> Je crains que sous la Régence
> On ne soit pis que jamais.

Blot s'oubliait jusqu'à chanter :—

> Pour moi, je n'ai nul chagrin
> Contre Jule Mazarin;
> C'est un étranger
> Qui veut se venger.
> Je pardonne à sa haine,
> Mais je voudrois bien étrangler
> Notre p—n de reine,
> Lon, la !
> Notre p—n de reine ![1]

[1] M. L. de Laborde a reproduit en entier, dans les
notes qu'il a jointes à son curieux et savant travail sur
le Palais Mazarin (p. 157), *La custode de la Reine qui*

Voici encore quelques vers que nous trouvons sous
son nom dans un recueil manuscrit :—

> Monsieur dit à la Ribaudon,
> Si tu veux, belle, nous ferons,
> Tu tu, tu ton, tutaine,
> Et tu, tu, tu,
> Ton mari cocu ;
> Et ton, ton, ton,
> Mr. Ribaudon ;
> Tu, tu, tuton,
> Tutaine.

> La belle lui a répondu :
> Vous êtes un plaisant lanturlu,
> Tu tu, tuton, tutaine,
> Et tu, tu, tu,
> Pour faire cocu,
> Et ton, ton, ton,
> Mr. Ribaudon ;
> Monsieur, pourquoi non ?
> Tant d'autres le sont,
> Tu, tu, tu, ton,
> Tutaine.

*dit tout*, pièce en vers fort orduriers parfois. Il attribue à Blot ces outrages contre Anne d'Autriche. Voir
la 'Correspondance,' déjà citée, de Madame, Duchesse
d'Orléans, t. I. p. 475.

*Daye dan Daye.*

Les beaux yeux de la Ribaudon
Lui ont donné bien du renom,
   Le reste n'est rien qui vaille,
    Daye dan daye !

Les sentimens de la Montbrun
Ne sont rien que dans le commun,
   Son amour est pour la canaille,
    Daye dan daye !

Admirons tous à haute voix
La bonté du plus grand des rois ;
   Il est descendu aux entrailles
    De Fontrailles ;
    Daye dan daye !

———

Beaufort est dans le donjon
   Du bois de Vincennes ;
Pour supporter sa prison
   Avec moins de peine,
Il aura la Montbazon[1]
   Deux fois la semaine.

---

[1] Consulter sur la Duchesse de Montbazon, célèbre pour sa beauté et ses galanteries, Tallemont des Réaux, Madame de Motteville, et les Mémoires de Retz :— " Je n'ai jamais vu (dit ce dernier) une personne qui

Ninon de l'Enclos ayant demandé à Blot un couplet, il improvisa celui-ci :—

> Malgré ma maudite luette,
> Qui rend ma muse un peu muette,
> Puisque l'adorable Ninon
>     Trouve bon qu'on chante en carême,
> Je ne lui dirai jamais non ;
>     Plût à Dieu qu'elle en fît de même.

> Coulon[1] est un fort galant homme ;
> En dépit du maître de Rome
> Il nous donne de bons repas,
>     Bonne chère, point de contrainte ;
> Ah ! que j'aime le mardy-gras,
>     Quand il vient en semaine sainte !

---

ait conservé dans le vice si peu de respect pour la vertu." Il faut lire aussi ce qu'a dit M. Cousin, 'La Jeunesse de Madame de Longueville,' 1853, p. 246. Le célèbre philosophe, l'austère éditeur de Descartes et le grave traducteur de Platon, se plaît à tracer le portrait de cette trop séduisante personne : "Elle possédait tout le luxe des attraits de l'embonpoint. Sa gorge rappelait celle des statues antiques, avec un peu d'excès peut-être. Ce qui frappait le plus en sa figure était des yeux et des cheveux très-noirs sur un fond d'une éblouissante blancheur."

[1] Conseiller au parlement.

Nous laissons de côté d'autres vers comme beaucoup trop impies pour être insérés ici.

Le libertinage d'esprit, ou l'incrédulité, s'alliait alors chez quelques beaux-esprits au libertinage de mœurs ou à la débauche. Nous ne voulons pas en fournir des preuves trop faciles à réunir ; nous nous bornerons à un seul exemple—les poésies, restées inédites, et pour cause, de Claude de Chaulnes ; personnage d'une famille illustre et fort répandu dans le meilleur monde, mais écrivain des moins connus, il a été dans le 'Bulletin du Bibliophile' (Mars, 1836), l'objet d'une piquante notice de Ch. Nodier. "Sceptique moqueur de cette école de Desbarreaux et de Saint-Pavin, qui est devenue celle de Fontenelle et de Saint-Evremond, d'où est sortie celle de Voltaire, il a toute croyance en dédain, et ne parle de Dieu et de ses saints que pour les tourner en ridicule par des persiflages qui auraient fait envie à Parny."

Nous allons prendre dans les recueils manuscrits, en suivant l'ordre des dates, des couplets qui nous paraissent piquants et dont les auteurs sont d'ailleurs inconnus.

## 1648.

Il court grand bruit par la ville
Que M. de Longueville
Est petit et sans cheveux ;
   Il veut caresser les belles ;
   Qu'en dis-tu, Jean de Nivelles ?
N'est-il pas bien dangereux ?

Vers la même époque, un autre époux malheureux, un conseiller au parlement, M. de Lescalopier, soupçonnant sa femme de quelque galanterie, la fit enfermer au couvent des Feuillantines ; les chansonniers se mirent aussitôt à l'œuvre :—

Vrai Dieu, pour le passe-temps
    D'un moment
Faut-il que je souffre tant?
Pour avoir été coquette
Faut-il que je sois nonnette?
Encore si je l'avois fait
    Tout à fait,
J'en aurois moins de regret ;
Pour en avoir fait la mine,
On me met aux Feuillantines.

Si jamais dedans Paris
    Les maris
Font de tels charivaris,
Galants, pleurez votre perte,
La ville sera déserte !

Monsieur, dès que vous montrez
    Votre nez,
On entend de tous côtés
S'écrier la populace :
Voilà le cocu qui passe !

C'est Monsieur Lescalopier,
Conseiller,
Qui n'a point de cornes aux pieds,
Mais il les a à la tête ;
Sa femme les fait croître !

---

Comtesse de Crassol,
Ut, re, mi, fa, sol,
Je veux dire en musique
Que vous avez eu,
La, sol, fa, mi, re, ut,
Plus d'amants qu'Angélique !

---

### 1650.

Un mari, dont les infortunes conjugales étaient célèbres à Paris, inspira les vers suivants :—

Savez-vous pourquoi cent mornes
Cornes
(Mais je dis sans bornes)
Menacent son front ?
Plus grandes licornes
Jamais n'en auront ;
Le pauvre hère !
Le voilà père

D'enfans que maint blondin espère
Faire :
Un telle affaire
Affligeroit le plus réjoui,
Et oui !
Par la mordienne
Vertudienne
Oui !

---

## 1650.

Quand le bon goinfre de Luther
Voulut l'Allemagne infecter
De sa folle croyance,
La plus forte raison qu'il eut,
C'est que pas un pour son salut
Ne trahiroit sa pance,
Et qu'on pourroit dire en tout temps
Parmi les frères protestants :
Bon ! bon ! bon ! que le vin est bon !
A ma soif j'en veux boire.

Vive le bonhomme Calvin !
Son nom, qui se termine en vin,
Sa doctrine autorise ;
Et certes ce vieux parpaillot,
Qu'on tient pour le plus grand falot
De la nouvelle église,

N'eut jamais formé son troupeau
S'il n'eut chanté sur un tonneau,
   Bon ! bon ! bon ! que le vin est bon !
A ma soif j'en veux boire.

Un jour le ministre Faucheur,[1]
Discourant des faits du Seigneur,
   Prit en main un grand verre,
Et prêcha d'un ton tout nouveau,
Que le miracle le plus beau
   Qu'il fit jamais sur terre,
Ce fut de changer l'eau en vin,
Pour chanter comme Jean Calvin,
   Bon ! bon ! bon ! etc.

Dulies, d'un ton bas et cassé
Parlant du déluge passé,
   Détesta cent fois l'onde,
Dit que c'étoit un élément
Que le grand Dieu fit seulement
   Pour les péchés du monde ;
Qu'il n'en falloit jamais tâter,
Mais qu'il falloit toujours chanter :
   Bon ! bon ! bon ! etc.

[1] Ce ministre, ainsi que ceux nommés dans les couplets suivants, jouissaient alors d'une grand réputation. Leur amour pour le vin était-il réel, ou faut-il n'y voir qu'une plaisanterie du poëte ? C'est ce que nous ne saurions décider.

Le ministre De Relincourt,
Après avoir bu tout le jour,
　　Alla voir une dame,
Et lui représenta alors
Que ce qui entre dans le corps
　　Ne souilloit jamais l'âme ;
Il l'embrassa cinq ou six fois,
Et puis chanta à haute voix :
　　Bon ! bon ! bon ! que le vin est bon !
　　A ma soif j'en veux boire.

Ce refrain parut d'ailleurs si heureux, qu'il fut, quelques années après, reproduit à l'occasion de la paix des Pyrénées.[1]

Le Cardinal et Dom Louis
Se trouvèrent très-ébahis
　　Lors de la conférence ;
Ils étoient *sans vins* sur les lieux,
Cependant ils avoient tous deux
　　Plus soif qu'on ne pense ;
Faute de s'en faire apporter,
Ils ne purent jamais chanter,
　　Bon ! bon ! bon ! que le vin est bon !
　　A ma soif j'en veux boire.

[1] Collé s'en est servi dans un de ses vaudevilles pleins d'esprit, mais qu'on ne peut lire qu'à huis clos. (*Chansons qui n'ont pu être imprimées*, 1784, p. 190.)

Alors qu'on soumet le traité
A l'une et l'autre majesté,
  Comme conte l'histoire ;
Quoi ! dirent-ils, faire une paix,
Et qui doit durer à jamais,
  Sans y parler de boire !
Il fallut, pour les contenter,
Sur l'heure ces mots ajouter :
  Bon ! bon ! bon ! que le vin est bon !
  A ma soif j'en veux boire.

Grammont, en partant de la cour,
Le Roi lui dit : Prends le plus court
  Pour te rendre en Espagne ;
Observe bien par les chemins
Les lieux où croissent les bons vins,
  Si c'est plaine ou montagne ;
Et puis le tirant à l'écart :
Tu diras au Roi, de ma part,
  Bon ! bon ! bon ! que le vin est bon !
  A ma soif j'en veux boire.

Lorsque le Duc fut arrivé,
Et qu'il eut le Roi salué,
  Il alla chez l'Infante :
Madame, dit-il, en deux mots,
Mon maître est gaillard et dispos,
  Vous en serez contente ;

Cette Altesse fort prudemment
Répondit à son compliment,
   Bon ! bon ! bon ! que le vin est bon !
   A ma soif j'en veux boire.

---

Le Maréchal de La Ferté, que nous rétrouverons plus tard, était fameux par son inconduite ; entre autres pièces de vers faites sur son compte, nous choisirons une des moins vives :—

Un peu moins de lubricité,
   Chère épouse, je vous prie ;
Le bon Job seroit irrité
   S'il eut pu voir tant d'infamie.
Elle répond à cet homme :
   Toute ma vie je serai
Chaste et fidèle, comme
   Je l'ai toujours été.

---

## 1652.

Le Comte du Plessis, étant brouillé avec la Comtesse de la Baume, mère du Maréchal de Tallard, lui envoya ce couplet :—

Or, nous dites, La Baume,
   Pourquoy venir loyer
Près l'hôtel de Vendôme
   Pour nous faire enrager ?

J'étois par trop connue
  Au faubourg Saint-Germain ;
Les enfants de la rue
  Crioient à la p——n.

Cette dame est très-maltraitée dans une foule de
pièces ; nous serons très-sobres de citations :

Vous qui dans les faveurs des belles
  Cherchez surtout de la sûreté,
Fuyez La Baume l'infidelle,
  Car outre qu'elle est sans beauté,
On assure que de chez elle
  Il faut aller chez Delancé.[1]

Pour la noblesse et pour l'église
  La Baume a beaucoup de feu ;
Jamais elle ne méprise
  Le tiers-état ou fort peu ;
Et l'on dit que sa devise
  Est à tout venant beau jeu.

Mais il faut que quelqu'un monte,
  D'un autre côté j'entends
Des langues moins médisantes
  Qui disent que seulement
Quand un galant la tourmente,
  La Baume aussitôt se rend.

  [1] Médecin fort connu alors.

## 1656.

Mazarin[1] et Courcelles[2]
Sont dans le couvent,
Mais elles sont trop belles
Pour y rester longtemps ;
Si l'on ne les en tire,
On ne verra plus rire
Les femmes assurément.

---

## 1656.

Madame de la Luzerne
A fait faire une lanterne

[1] La Duchesse de Mazarin, Hortense Mancini, mariée au fils du Duc de La Meilleraie, qui prit le nom du cardinal, se rendit célèbre par ses escapades. On imprima, sous son nom et sous la rubrique de Cologne, 1675, de prétendus 'Mémoires,' sans esprit, sans style, remplis d'erreurs et de circonstances scandaleuses. Grâce à ces défauts, ils eurent plusieurs éditions, et furent traduits en diverses langues. La Duchesse y répondit par d'autres mémoires, que les bibliographes n'ont pas connus. (Voir le savant et curieux ouvrage de M. Léon de Laborde, 'Le Palais Mazarin,' notes, p. 363.)

[2] Madame de Courcelles se signala, très-jeune encore, par l'étrangeté de ses aventures. M. Walckenaer lui a consacré un chapitre fort curieux, dans ses 'Mémoires sur la Vie de Madame de Sévigné.'

C

Des cornes de son mari,
Pour éclairer son ami.

Beurdon, épouses-tu
  Saint-Luc, qu'on dit si belle ?
Si tu veux être cocu,
  N'en épouse d'autre qu'elle ;
Car elle est peu cruelle
  Quand on lui offre un écu.

---

## 1661.

La mort de Mazarin, survenue le 9 Mars, 1661, donna
lieu à bien des épigrammes ; il suffit d'en transcrire
deux, prises au hasard.

Vous qui passez près de ce lieu,
Vous jetez au nom de Dieu
Au Mazarin de l'eau bénite ;
  Il en donna tant à la cour,
Que c'est bien le moins qu'il mérite,
  Que l'on lui en donne à son tour.

Enfin s'il est vrai ce qu'on dit,
L'avarice eut tant de crédit

Dessus ce cœur insatiable,

   Qu'afin d'acquérir plus de bien,

S'il n'eût donné son âme au diable

   Il n'auroit jamais donné rien.[1]

[1] On trouve un grand nombre d'épigrammes contre Mazarin imprimées dans un volume publié en Hollande (Cologne, P. Marteau) en 1693 : 'Le Tableau de la Vie et du Gouvernement des Cardinaux Richelieu et Mazarin.' Il existe une autre édition moins complète, 1694.

----

### 1662.

Les recueils manuscrits offrent, sous cette date, diverses pièces de vers relatives au procès du Marquis de Langeais.[1] Accusé d'impuissance par se femme, il fut soumis à l'épreuve du congrès, s'en tira fort mal, et vit son mariage cassé ; il se remaria, et il eut sept enfants en secondes nôces.

En 1677, l'usage du congrès, que Boileau avait flétri dans sa huitième Satire, fut aboli sur le plaidoyer du président de Lamoignon, plaidoyer qui fut imprimé en 1680 ; il forme un livret curieux et rare, dont un exemplaire s'est payé 35 fr. à la vente Walckenaer.

Langeais, il faut faire retraite,

   Tu passes pour un mauvais soldat ;

Vingt témoins ont vu ta défaite

   Et pas un n'a vu ton combat.

[1] On trouve quelques détails sur cette affaire des plus

étranges, même dans son espèce, dans l'ouvrage de M.
F. Barrière, 'La Cour et la Ville,' p. 53. Voir aussi un
procès de ce genre dans les 'Causes célèbres' de Guyot
et Pitaval, tom. VIII. p. 232.

---

Que je plains la destinée
De ce pauvre De Langeais,
Qui s'est trouvé sans armée
Le jour qu'il fut au congrès.

Il a gâté son affaire
Pour n'avoir jamais su faire
Ce que fuit, ce que défend
L'archevêque de Rouen.

---

### 1662.

Mascaron fait voir à tous
   Son éloquence extrême ;
Mesdames, ce n'est pas tout,
Car s'il prêche bien, il *cout*
   De même, de même, de même.

---

La Puissieux fait
   La Dame Gillette ;[1]

[1] Personnage ridicule, qui figura dans quelques écrits
au commencement du dix-septième siècle.   Une facétie

Son mari voit bien
Qu'on mange son bien ;
  S'il prend des lunettes,
Il verra plus loin.

---

Ne faites pas si grande résistance,[1]
  Et recevez mon amour et ma foi.
Il n'en est pas quatorze en France,
    Belle Clémence,[2]
    De telle que moi ;
Je suis garçon, et je sais galoper,
Cela vaut bien la peine d'y songer.

assez plate, mais fort rare, a pour titre : ' Description
de la superbe et imaginaire Entrée faicte à la Royne
Gillette, passant à Venise ; traduite de langue carac-
térée' (1614, in-8°). Dans 'L'Inventaire de Maistre
Guillaume' (inséré dans les 'Aventures du Baron de
Fœneste,' p. 331, ed. de 1724) on voit figurer une ' Histoire de la Reine Gillette.'

[1] Pour Madame la Princesse et le Comte de Duras,
depuis Duc et Maréchal de France.—*Note du Temps.*

[2] Claire-Clémence de Mailli, nièce du Cardinal de
Richelieu ; le grand Condé, qui l'avait épousée malgré
lui, la négligea. Soupçonnée d'intrigues avec des gens
de sa maison, elle fut enfermée. Lord Mahon, dans
son ' Histoire du Prince de Condé,' soutient l'innocence
de la Princesse, mais M. Walckenaer, dans ses 'Me-
moires sur M^me de Sévigné,' t. V. p. 399, cherche à
établir que les rigueurs employées contre elle, furent

motivées par la nécessité de pourvoir à l'honneur du premier prince du sang.

---

Le Cardinal Ghigi, neveu d'Alexandre VII, vint en France en 1664 ; ses mœurs déréglées provoquèrent des chansons beaucoup trop vives ; en voici un échantillon pris dans ce que nous avons trouvé, à cet égard, de moins choquant.

Notre grand Légat romain
　　Dedans son ambassade
Apporta plus d'un corps sain,
　　Mais il reporta le sien
　　　　Malade.

Je suis Légat, je suis parti de Rome
　　En fort bonne santé,
Et j'ai voulu passer pour galant homme
　　En aimant la beauté ;
Mais je suis pris en jouant mal mon rôle,
　　Car j'ai la v—le, moi,
　　Car j'ai la v—le.

---

## 1673.

Notre archevêque de Paris,
Quoiqu'il soit jeune, a des faiblesses ;
　　Voyant qu'il en avoit trop pris,
Il a retranché ses maitresses ;

Les quatre qu'il eut autrefois
Sont à présent réduites à trois.

---

## 1675.

Dans les vers suivants, comme dans un couplet que nous venons de transcrire, il s'agit de l'Archevêque de Paris, François de Harlay, qui avait d'abord occupé le siége de Rouen. Plusieurs passages des lettres de M^{me} de Sévigné justifient les imputations des faiseurs de couplets.

Nonobstant la réprimande
 Que le Roi lui fit un jour,
Ne croyez pas qu'il s'amende,
 Il n'obéit qu'à l'amour.
Il vous enverra tous paître
Et dire qu'il est le maître;
Il suit tout ce qu'il défend,
A Paris et à Rouen.

Vous ne pouviez dans la ville,
 Grand prélat, plus mal choisir
Que de prendre la Geuville
 Pour vous donner du plaisir;
La drôlesse a la v—le;
Vous l'aurez, sur ma parole;
Nous vous verrons sous l'archet
En camail et en rochet.

Pour mieux vendre ses coquilles
    Quand il est dans le saint lieu,
Il exhorte femme et fille
    A n'aimer que le bon Dieu ;
Mais au sortir de l'église
Il rit et il galantise ;
Il suit tout ce qu'il défend
A Paris comme à Rouen.

Le prélat d'un diocèse
    Ne peut pas vaquer à tout ;
Il est fort mal à son aise
    Et ne peut venir à bout ;
Le nôtre, dont on se raille,
Dans le sien toujours travaille,
Et tant il travaillera
Que l'on croit qu'il en suera.

---

### 1666.

Turenne, l'épée au côté,
    Disoit avec sa barbe grise :
Enfin le vice m'a quitté
    Sans le secours des gens d'église,
Mais mon neveu le Cardinal [1]
Est encor fort enclin au mal.

[1] Le Cardinal de Bouillon ; ses mœurs dépravées sont

signalées dans les Mémoires de Saint-Simon et dans les
Lettres de Madame, Duchesse d'Orléans.

---

Ninon, passe tous les jours au jeu,
    Cours où l'amour te porte ;
    Le prédicateur qui t'exhorte,
S'il étoit au coin de ton feu,
    Te parleroit d'une autre sorte.

---

*Chanson du Comte de Guiche*[1] *à Madame.*

Votre époux est de glace
    Entre vos bras ;
Si j'étois à sa place,
    Madame, hélas !
Je mourrois du plaisir qu'il ne sent pas.

[1] Fils du Duc de Grammont et l'un des plus aimables
seigneurs de la cour. Nous serions fort embarrassés de
dire jusqu'où fut menée l'intrigue qu'il eut avec Madame. On peut lire, mais avec précaution, 'L'Histoire
Galante de M. et du Comte de G.,' pamphlet qui se
trouve dans le recueil intitulé 'Histoires Galantes,'
Cologne, Jean Leblanc (Hollande), sans date, pp. 424–
464 ; dans 'Les Dames Illustres de notre Siècle,' Cologne, 1682, p. 135–176, dans diverses éditions de l'Histoire Amoureuse des Gaules. L'évêque de Valence,
Cosnac, se rendit en Hollande pour acheter en totalité
et détruire l'édition de ce libelle ; Saint-Simon raconte

Qu'il brûle ou soit de glace
  Entre mes bras,
Il occupe une place,
  Cher comte, hélas !
Que si l'amour donnoit, il n'auroit pas.

Si, pensant à la peine
  Qu'on a pour vous,
Il vous prend quelque haine
  Pour votre époux,
Appelez-nous, Madame, appelez-nous.

---

Deux couplets terribles se trouvent aussi dans les recueils ; c'est une demande indiscrète adressée à Madame
par le Comte de Guiche et la réponse de Madame, telle
que cette princesse la fit, selon une note du temps ; mais
le style de cette réponse est tel qu'il n'y a pas moyen de
la donner toute entière, et la dernière figurante du dernier des théâtres n'oserait écrire de la sorte ; nous auri-
ons donc sous les yeux ces vers écrits de la main d'Hen-

---

(t. V. p. 207) de quelle singulière façon ce prélat, arrêté dans son lit, s'y prit pour sauver des papiers qui
pourraient compromettre Madame.  Consulter aussi la
Correspondance de la Duchesse d'Orléans, t. II. p. 5,
édition de 1855 ; on y voit comment, grâce à un strata-
gème inventé par son valet, les deux amants réussirent
à empêcher Monsieur de surprendre un de leurs rendez-
vous.

riette, que nous n'en soutiendrions pas moins avec énergie qu'elle ne les composa jamais.

> Pour occuper la place
> De votre époux,
> Si l'on avoit l'audace
> D'entrer chez vous,
> Y seriez-vous, Madame, y seriez-vous?

> Pour occuper la place
> De mon époux,
> Il faut de bonne grâce
> .   .   .   .
> Le feriez-vous, Comte, le feriez-vous?

---

## 1667.

Un seigneur de la cour, qui passait pour être un héros dans les travaux de Vénus, donna occasion aux *Saucourts*,[1] couplets ainsi appelés parce que ce nom termine chacun d'eux.

> De Foix se contente
> De vivre à bon marché;
> Le bruit l'épouvante,
> Et non pas le péché.

[1] On prononçait ainsi le nom du Marquis de Soyecour (Maximilien Antoine de la Belleforière); sa veuve, fille du Président de Maisons, eut ses deux fils tués à la bataille de Fleurus; La Bruyère adressa à l'un d'eux

Ce qui fait qu'on ignore
Quel est son amour
A la cour,
C'est qu'elle adore
Un gros valet qui vaut mieux que Saucourt.

Tulon le cynique
Dessus les fleurs-de-lys
Est bien plus crïtique
Que pris de sa Cloris ;
Chantant sans timbale
La nuit et le jour
Qu'en amour
La maréchale
Le fait aller de pair avec Saucourt.

Contenter la reine
Dans l'amoureux déduit,
Sans reprendre haleine
Tout le long de la nuit,
Passer chez La Vallière
Le reste du jour
En amour,
Pareille affaire
Étonneroit un peu le grand Saucourt.

une touchante prosopopée. Voir l'édition des 'Caractères' donnée par M. Walckenaer, 1845, *notes*, p. 711.

La jeune Marquise
Et Dangeau son parent,
Quoi qu'on en dise,
Soulagent leur tourment,
Chantant d'un ton d'épître
La nuit et le jour
Que l'amour,
Malgré la mitre,
D'un grand prélat peut faire un grand Saucourt.

Le Comte de Guiche
A dit à Manicamp :
Faisons une niche
Qui fasse du cancan ;
Chantons sur nos timbales
La nuit et le jour
Qu'en amour
Notre cabale
Fait plus que celle de Saucourt.

Le Pastoureau de Vardes[1]
Et la nymphe Soissons[2]
Souvent se regardent
D'une tendre façon.

[1] Le Marquis de Vardes, capitaine des Cent-Suisses.
[2] La Comtesse de Soissons, nièce de Mazarin.

En chantant sur leurs fifres
La nuit et le jour
Qu'en amour
On est bien piffre,
Si l'on ne fait comme le grand Saucourt.

---

## 1668.

C'est vers cette année que nous trouvons un des premiers exemples de ces *Noëls* satiriques dont la mode
dura plus d'un siècle. Donnons quelques fragments de
l'un d'eux, sur l'air, "Or, nous dites, Marie."

Or, nous dites, De Luynes,[1]
Le bourgeois Tambonneau
A-t-il si bonne mine?
Le trouvez-vous si beau?—
Le secret du mystère
Est qu'il est mon voisin,
Et qu'il fait mon affaire
Le soir et le matin.

Du Chemin, je vous prie,
Parlez-vous franchement?

---

[1] Une Montbazon, seconde femme du Duc de Luynes;
elle demeurait près du président Tambonneau.

N'avez-vous point envie
   De faire un autre amant ?—
Il faut bien que j'en fasse ;
   J'ai perdu Tambonneau ;
Mormant prendra sa place,
   Je le trouve plus beau.

Dites-nous, La Vieuville,
   Et d'un ton sérieux,
Dans Paris, la grand'ville,
   Quel homme *boit* le mieux ?—
C'est un homme en soutane,
   Un prélat radieux,
Car il *boit* comme un âne
   Et même comme deux.

Or, nous dis, Savonière,
   Et dis-nous franchement,
Qui fait mieux ton affaire
   Dans l'amoureux tourment ?—
Mon mari, mon beau-frère,
   Croyez, et mon parent,
Dans l'amoureux mystère
   Ne valent pas Mormant.

———————

## 1668.

*Joconde.*

Tous les jeunes gens de la cour
De leur corps font folie
En renouvellant tour-à-tour
Les crimes d'Italie.
Autrefois cette passion
Eût mérité la braise,
Mais ils ont trouvés pour patron
Le père de La Chaise[1].

Cet archevêque aux larges reins,
Si connu dans la France
Par l'immensité de ses biens
Et par son arrogance,
Voyant que Madame vouloit
Lui jouer d'une pièce,
Se console et *aime* en secret
La Beninghen, sa nièce.

[1] Voir les Lettres de Madame, Duchesse d'Orléans. Quant aux intrigues auxquelles ces vers font allusion et qui ne sont que trop attestées, on peut consulter 'La France devenue Italienne,' pamphlet qui parut pour la première fois sous le titre d'Intrigues Amoureuses de la Cour de France, et qui a reparu dans les diverses éditions de 'La France Galante' et de 'L'Histoire Amoureuse des Gaules.' De nombreux passages des Mémoires

de Saint-Simon et d'autres écrits du temps justifient les assertions du chansonnier. Voir aussi l'Essai de M. F. Barrière 'Sur les Mœurs et les Usages du Dix-septième Siècle,' placé en tête des Mémoires du Comte de Brienne (Paris, 1828, t. I. p. 167).

---

## 1669.

Quiconque vous aime
S'en veut mal à soi-même ;
Quiconque vous aime,
Soissons, n'a pas bon temps.
Vous êtes maigre,
Vous êtes aigre
Comme vinaigre,
Et les absens
Sont à vos yeux de sottes gens.[1]

[1] Il est fort souvent question de la Comtesse de Soissons dans les écrits du temps. Cette nièce du Cardinal se fit chasser de la cour ; et elle fut très soupçonnée d'avoir hâté, par le poison, la mort de son mari et de la Reine d'Espagne, femme de Charles II. Elle mourut à Bruxelles, vieille et misérable. (Voir dans le ' Journal ' de Dangeau, t. IV, édition Firmin Didot, 1855, une note de Saint-Simon.) Les Mémoires de Brienne la représentent comme laide et méchante. M. Léon de Laborde remarque que dans les chansons du temps on l'appelle trop souvent la *Bécasse* de Soissons, pour

qu'au contraire de ses sœurs, elle ne se soit pas fait une
réputation d'esprit borné.

---

*Aimez, aimez,* beau Sire,
   Le père Ferrier ne vit plus ;
*Aimez, aimez,* beau Sire,
   Et faites des cocus ;
Le Roy Louis treize le fut bien ;
Sans le secours du rufien
Où seriez-vous, roi très-chrétien ?
Dame Anne, bien apprise,
   Pour vous faire, par son canal,
Fils aîné de l'Église,
   Choisit un Cardinal.[1]

[1] Les bibliophiles connaissent bien un pamphlet lancé
en Hollande : 'Les Amours d'Anne d'Autriche avec
Monsieur A. C. de R., le véritable père de Louis XIV,
où l'on voit au long comment on s'y prit pour donner
un héritier à la Couronne, et les Ressors qu'on fit jouer
pour cela.' La première edition parut en 1692 ; on en
connaît six ou sept autres. Dans l'édition de 1696 les
initiales " C. de R." ont été remplacées par " le Cardinal
de Richelieu," supposition absurde, puisque le Cardinal
joue dans l'ouvrage un tout autre rôle que celui d'amant
de la Reine. On a pensé que ces mêmes lettres pourraient cacher le Comte de Rochefort ou le Comte de
Rivière ; une autre version se présente sur l'autorité
d'un ouvrage imprimé à l'étranger. D'aprés Tycho
Hofman, 'Portraits historiques des Hommes Illustres

Laissez *aimer* vos femmes,
 Créqui, Monaco, Montespan ;
Laissez aimer vos femmes,
 Les nôtres en font autant.
Laissez aimer vos femmes,
 La Motte, Grandcey et Failloux ;
Laissez *aimer* vos femmes,
 Car vous *aimez* bien, vous.
Si la Dercée à cinquante ans,
Et la Bouès, qui en a cent,
Ne peuvent être sans galants,
Pourquoi les pauvres femmes,
 Qui sont remplies de tant d'appas,
Pourquoi les pauvres femmes
 N'aimeroient-elles pas ?

de Danemarck ' (Copenhague, 1746 ; 6 tomes in-4°)
t. II. p. 100), c'est le Comte de Rantzau qui aurait
donné le jour à Louis XIV. Transcrivons les paroles
de l'auteur danois : ''Un Capucin nommé Joseph fit savoir au Cardinal de Richelieu que la Reine lui avoit con-
fessé entre autres péchés d'avoir conçu tant de tendresse
pour un officier étranger nommé Rantzau qu'elle ne
pouvoit s'empêcher de penser fort souvent à lui. Le
Cardinal, capable de tout, trouve moyen par sa nièce,
alors dame d'honneur, de faire parler Rantzau seul à la
Reine. Cet entretien eut un tel effet, qu'à ce qu'on
prétend il contribua plus à la naissance de Louis XIV
qu'un mariage de vingt-trois ans avec le Roi.''

### *Formulaire.*[1]

Plus goguenard, avec sa robe noire,
    Que ne le fut Rabelais,
Le père Annat, tout bouffé de colère,
    Crioit en plein palais :
Ils signeront, parbleu, le Formulaire ;
    J'en fais mon affaire, moi,
    J'en fais mon affaire.

[1] Il s'agit de la signature du Formulaire, épisode fameux dans l'histoire du Jansénisme. Le père Annat, Jésuite, confesseur de Louis XIV, de 1654 à 1670, fut le promoteur de tous les actes de l'autorité que fit le gouvernement pour ériger le Formulaire d'Alexandre VII en loi de l'état.

---

### 1669.

### *Truquenart.*

L'attelage du soleil
N'a jamais eu son pareil ;
Il est de quatre chevaux,
Précédés de deux cavales ;
Il est de quatre chevaux,
Bien meilleurs qu'ils ne sont beaux.

Les juments sont à deux fins,
Toutes deux fortes de reins ;
Toutes deux sont pralinières ;
L'une a beaucoup d'embonpoint,
L'autre est maigre et n'en a point.[1]

[1] Mesdames de La Vallière et de Montespan ; l'une était maigre et l'autre grasse.

----

## 1670.

Coquette et vieille Dupuis,
Vous qui donnez des avis,
Y songez-vous tout le jour
Aux cornes que porte en tête,—
Y songez-vous tout le jour
Aux cornes de votre époux ?

----

## 1671.

Ne vous en déplaise
Madame de Rouvoy,
Votre jeunesse
N'est pas tigresse,
Et nos Lucrèces
Sous votre loi
Se poignardent du bout du doigt.

Dorval la bossue
Croit le monde bien grue ;
Dorval la bossue
    Voudroit faire juger
Qu'elle est bien sage
Dans son ménage ;
Pour moi je gage
    Que l'écuyer
Prend soin de la désennuyer.


D'aucune critique
D'Olonne ne se pique ;[1]
D'aucune critique
    Elle s'informe peu.
Cette héroïne
De Messaline
Suit la routine
    Toujours en feu,
Et fait à tout venant beau jeu.

[1] Madame D'Olonne, sœur de la Maréchale de la Ferté, acquit une triste célébrité par ses débordements dans 'Les Amours de Gaules' et dans les autres pamphlets de l'époque. Elle est l'héroïne d'une pièce fort libre et fort plate, imprimée sous la rubrique de *Cologne*, Pierre Marteau, sans date, et attribuée, peut-être sans motif, à Bussy-Rabutin. On en connaît d'autres éditions, Paris (Hollande), 1667, notamment à

la suite des 'Lettres Philosophiques par M. de Voltaire, avec plusieurs pièces galantes' (Londres, 1774, 1776, 1781), et à la suite de la 'F . . . . nonie,' poëme, Londres, 1780, in-18. (Voir le Catalogue Soleinne, no. 3832 et 3833.)

---

### Alléluia.

Pour tous les saints du paradis
Brissac a beaucoup de mépris,
Mais pour Saint-Pol[1] elle dira
    Alléluia !

Herault dessus les fleurs-de-lys
Vient cuver le vin qu'il a pris,
Et songe à celui qu'il prendra,
    Alléluia !

Granecy, faites-nous un aveu :
Si le papier buvoit un peu
N'y paroîtroit-il pas déjà ?
    Alléluia ![2]

[1] Le Comte de Longueville.

[2] Ces couplets, faits sur le rhythme et avec le refrain du chant pascal, ont pour premier type cette série de couplets improvisés dans une partie de plaisir faite le 11 Avril, 1659, par quelques étourdis, parmi lesquels figurait le Comte de Bussy-Rabutin. On sait quel bruyant scandale produisirent ces vers, qui attaquaient insolemment le Roi, sa mère, son frère, le Cardinal Ma-

zarin, les filles d'honneur de la Reine et d'autres per-
sonnages, le tout avec des paroles d'une licence effrontée
et rendue plus coupable encore par le retour du pieux
Alléluia. De longs détails sur cette affaire se rencon-
trent dans la notice de M. Bazin sur Bussy, insérée
dans la 'Revue des Deux Mondes,' et reproduite, avec
développements nouveaux, dans un volume publié en
1844 : 'Études d'Histoire et de Biographie.' (Voir les
pp. 349 et 375.) Le judicieux critique relève diverses
erreurs dans lesquelles sont tombés plusieurs écrivains
au sujet de ces treize strophes, qui n'ont pas été in-
serées dans les premières éditions de 'L'Histoire Amoureuse des Gaules,' mais qui se trouvent dans celle de 1671
et dans les suivantes. M. Bazin n'a pas voulu donner
le texte de ce cantique, mais il en fait l'objet d'un commentaire historique.

## 1672.

La Comtesse de Grignan, cette fille célèbre de Madame de Sévigné, ne fut point oubliée par des chansonniers, qui n'épargnaient personne.

C'est être bien habile
   Que d'avoir eu plus d'un amant
Et d'avoir paru fille
   A votre époux, Grignan ;
Si vous saviez, pauvre Matoux,[1]
Comme elle faisoit les yeux doux
Avant que de penser à vous ?

[1] C'était un sobriquet donné a M. de Grignan, et il

Elle n'est pas cruelle,
Je m'en rapporte à Villeroi
Qui méprisa la belle
Ainsi que fit le Roi.

Je vais du Comte de Grignan
Adorer la Comtesse,
Plus on m'a dit qu'il est absent,
Plus mon ardeur me presse.

Voici encore un couplet qui mentionne l'attachement qu'on se permit d'attribuer à un auteur célèbre.

Grignan, vous avez de l'esprit
D'avoir choisi votre beau-frère ;
Il vous fera l'amour sans bruit,
Et saura cacher le mystère ;
Matoux, n'en soyez point jaloux ;
Il est Grignan tout comme vous.

---

Or écoutez, petits et grands,
De Brissac l'étrange aventure ;
Elle avoit choisi quatre amants[1]
Pour fournir à sa nourriture,

paraît qu'il en plaisantait lui-même ; Mme de Sévigné écrivait à sa fille le 17 Septembre, 1675 : "J'embrasse le *matou*."

[1] D'après une note du temps, Lord Montagu, ambas-

Mais, par un malheur peu commun,
Les quatre n'en valent pas un.

———

La Brissac[1] avoit la chimère,
Pour se distinguer du vulgaire,
 De se servir d'un cadenas ;
D'où lui vient le droit de le faire ?
 Pour moi, je ne le comprends pas,
S'il ne vient de monsieur son père.

Si le mari, en homme sage,
Du cadenas faisoit usage,
 Savez-vous ce qu'il en feroit ?
Dans cet endroit que je dois taire
 Bien promptement il lui mettroit,
Car je le crois fort nécessaire.

sadeur d'Angleterre, Harlay, Archevêque de Paris, le
Comte de Guiche et le Duc de Longueville.

[1] La Duchesse de Brissac se faisait mettre à table un
cadenas comme celui du Roi (*note du temps*). Quant à
l'autre emploi du cadenas auquel le faiseur de couplets
fait allusion, nous nous bornerons à mentionner un livret
curieux et bien connu des bibliophiles : 'Plaidoyer du
Maître Freydier, avocat à Nismes, contre l'introduc-
tion des Cadenats en Ceintures de Chasteté' (Montpel-
lier, 1750, 8°). Nous ajouterons : le Duc de Ventadour,

laid et contrefait, devint l'époux de Mademoiselle de la
Mothe-Houdancourt, belle et galante, et, selon un mot
qui courut alors, voulant écarter de sa femme les adora-
teurs, il mit un bon suisse à la porte.

---

### *Contre-viriles.*[1]

Laval a dans l'œil
  Je ne sais quoi d'agréable ;
Madame de Montchevreuil
Est douce et sans orgeuil ;
  La Jarnac est aimable,
  La Biron n'est point traitable ;
La Rambure est sans défaut ;
Et pour la petite Gontaud,
Il n'y a rien chez elle de chaud.

[1] Il s'agit dans ces vers des filles de la Reine, dont il
est bien souvent question dans les écrits du temps.
C'était des demoiselles de bonne maison et sans espoir
d'héritage que la protection de quelque parent amenait
à la cour, pour y égayer la souveraine et les princesses
et pour attendre ou courir fortune. Comme tout ce
qu'il y avait d'assuré pour elles, était une faible dot si
elles trouvaient mariage, un époux était toujours le but
de leur recherche, et, dans cette préoccupation, elles
risquaient souvent de manquer ou de dépasser le but.
Elles étaient l'objet de railleries.

## 1673.

Louvois, comment peux-tu souffrir
Que chacun muguette ta belle ?
Bouzy a su te radoucir
En cajolant cette infidèle ;
Et, pour attrapper un emploi,
Cadrousse baise la Frenoy.[1]

[1] Élise Dufresnoy, femme d'un premier commis de la guerre et maîtresse de Louvois. "C'est une nymphe, une divinité !" écrivait Madame de Sévigné (29 Janvier, 1672). La Fare la représente, dans ses Mémoires, comme la plus belle femme de son temps, mais insolente, avec fort peu d'esprit et ayant fait faire bien des sottises à Louvois.

-----

### *Bordeaux.*[1]

Bordeaux dispute à la Cornu[2]
Le glorieux et bel avantage
De faire les maris cocus
De toute espèce, de tout âge ;
Et tout d'une voix dans Paris
On donnoit à Bordeaux le prix.

[1] Madame de Bordeaux, mère de M^me Fontaine-Martel.

[2] Boileau, Satire X, nomme cette entremetteuse, et ajoute en note : "une infâme dont le nom était alors

connu de tout le monde." Guion, Satire II, parle d'une jeune fille qui

" Oubliant tout-à-coup sa première vertu,
  Ne fait de Port-Royal qu'un saut chez la Cornu."

Voici un quatrain pris dans une chanson manuscrite :

    " L'amour disoit en colère :
    Mais vraiment je suis tout nud :
    C'est que ma p—n de mère
    Mangeoit tout chez la Cornu."

---

On dit que Beuvron a gâté

Le grand chemin de La Ferté[1]

Qui fut jadis si fréquenté ;

La pauvrette en enrage

Qu'il faille, attendant guérison,

Qu'elle soit sans ouvrage

Dans sa propre maison.

[1] Madeleine d'Angennes, femme du Maréchal de La Ferté ; elle mourut en 1714, âgée de près de quatre-vingt ans. Vers la fin de ses jours elle devint dévote. Elle était sœur de la Comtesse d'Olonne et menait pareille conduite. "Elle a eu autant d'amants qu'il y a eu de jours dans l'année," écrivait Madame (Correspondance, 1855, I. 444). La Bruyère avait en vue ces deux sœurs lorsqu'il traça les portraits de Claudine et de Messaline, qu'il fit paraître pour la première fois dans la septième édition des 'Caractères.' L'histoire si peu édifiante de la Maréchale de La Ferté fait partie de la 'France Galante' et de 'L'Histoire Amoureuse des Gaules.'

Lorges dit à sa fille :
　Votre mari est indigent ;
Lorges dit à sa fille :
　*Aimez* pour de l'argent.
Incontinent cette beauté
Pour éviter la pauvreté
Prit congé de la cruauté ;
Avec le bon apôtre
　Que l'on appelle Bellebat,
En attendant quelque autre,
　Elle prit ses ébats.

———————

### 1673.

*Vous m'entendez bien.*

La Chaise a dit, tout en courroux :
Quoi, mon père, souffrirons-nous
Que ce chien de Baptiste[1]—
　Hé bien !
Tranche du jésuite—
　Vous m'entendez bien.

———

[1] Lully ; maintes chansons de l'époque signalent très-
clairement les vices qu'on lui reprochait.

La Maréchale *etcetera*
Pour un danseur de l'opéra
Fait fort grande dépense ;
   Hé bien !
Elle a pour récompense—
   Vous m'entendez bien.

La petite de Louvigny
Disoit l'autre jour à Louis :
Ah ! que j'aime la danse !
   Hé bien !
Et à faire en cadence—
   Vous m'entendez bien.

-------

### 1675.

La pauvre Brissac meurt d'amour[1]
Pour un amant qui nuit et jour
N'a pas de quoy la satisfaire.
   Laire la, laire, lan laire !

Il sait bien comme il faut aimer,
Languir, se plaindre et soupirer,
Mais c'est-là tout ce qu'il sait faire.
   Laire la, laire, lan laire !

[1] La Duchesse de Brissac et le Comte de Guiche.—
*Note du Temps.*

Ma belle Brissac, si l'amour
De Guiche faisoit un Saucourt,
Ce seroit bien mieux votre affaire.
   Laire la, laire, lan laire !

Le miracle seroit parfait,
Mais jamais l'amour n'en a fait
Qui soit si difficile à faire.
   Laire la, laire, lan laire !

Pour plaire à cet objet divin
Il ne faut ni grec ni latin,
Il ne faut que savoir bien faire.
   Laire la, laire, lan laire !

Pauvre Marquis de La Ferté,
Vous voilà aussi bien coiffé
Que le maréchal votre père.
   Laire la, laire, lan laire !

---

Le pauvre Comte de Guiche
   Trousse ses quilles et son sac,
Il faudra bien qu'il déniche
   De chez la nymphe Brissac.

Il a gâté son affaire
Pour n'avoir jamais su faire
Ce que fait, ce que défend
L'archevêque de Rouen.

---

## 1680.

On a fait une ordonnance
Contre les b— de France,
Pon, patupon, tarare, ponpon !
On verra au premier jour
A la ville et à la cour
Publier cette ordonnance.
Pon, patupon, tarare, ponpon !

On suit de bien près la piste
De tous les non-conformistes.
Pon, patupon, tarare, ponpon !
Les dames dans leur chagrin
Travaillent soir et matin
Afin d'en donner la liste.
Pon, patupon, tarare, ponpon !

Rouvigny, ce bon confrère,
Est allé en Angleterre.
Pon, patupon, tarare, ponpon !

E

Il y fera ses efforts
Pour engager les mylords
A faire aux dames la guerre.

Monsieur de Caillemotte
A aussi graissé ses bottes.
Pon, patupon, tarare, ponpon !
Pourquoi le fils de Calvin
Vouloit-il être romain ?
Il mérite qu'on le frotte.[1]

[1] Madame, Duchesse d'Orléans, fait mention dans sa lettre du 30 Septembre, 1705 (voir l'édition de Stuttgart, 1843, p. 94) des détails qui confirment les assertions contenues dans ces vers ; nous ne transcrirons qu'une partie du texte original : "Ruffigny, der ein Elster von der Kirch von Charenton war, ist einer der argsten von diesem Handtwerck und sein Bruder La Caillemotte."

---

## 1682.

### *Laire, lan, laire.*

Le chien de M. de Sully
Est bien plus aimable que lui ;
Disant cela, on ne dit guères.
Laire, lan, laire !

La grande Duchesse de Sault
Avoit déjà fait le grand saut
Avec l'écuyer de sa mère.
Laire, lan, laire !

Si le bon Duc savoit le fait,
Il seroit très-mal satisfait
D'être cocu comme son père.
Laire, lan, laire !

---

## 1687.

Des vers qui regardent l'auteur d'Athalie ne sauraient
être dépourvu de tout intérêt. Il s'agit d'un dialogue ;
le cinquième et le septième vers sont placés dans la
bouche du grand poëte.

Suis ce que je te conseille,
Sans t'en vouloir prendre au Roi ;
Souffre que le grand Corneille
Soit mis au-dessus de toi.
—Je ne saurois ! . . .
Qu'il soit en place pareille . . .
J'en mourrois.

Ta vanité me chagrine ;
Loin d'être friand d'honneur,

La dévotion, Racine,
Veut qu'on soit humble de cœur.
Je ne saurois ! ...
Fais-en du moins quelque mine ...
J'en mourrois !

---

### 1688.

AIR—*Jean de Nivelle.*

Je ne sais si l'on me trompe,
Mais on nous dit qu'on vous montre,
Demoiselle de Rohan,
A jouer de la prunelle ;
Qu'en dis-tu, Jean de Nivelle ?
C'est la Choisy qui l'apprend.


Il court un bruit par la ville
Que Madame de Castille
Chérit un estropié ;
Elle l'est de la cervelle,
Qu'en dis-tu, Jean de Nivelle ?
Si c'est pour se marier.

---

*Zon, zon, zon.*

A la cour quel malheur !
Grands Dieux, quelle infortune !
De six filles d'honneur il n'en reste pas une.[1]
 Zon, zon, zon, Lizette, ma Lizette !
 Zon, zon, zon, Lizette, ma Lizette !

  La petite Mailly,
   Femme de la Vrillière,
  Très-exactement suit
   La trace de sa mère.
    Zon, zon !

[1] Louis XIV, devenant vieux, congédia les filles d'honneur de la Reine, source inépuisable d'anecdotes scandaleuses.

----

### 1690.

  Trois fripons, tout à l'aise,
   Ont désolé l'univers ;
  L'un est le père La Chaise,
   L'autre est le père Peters ;[1]

[1] Confesseur de Jacques II. Il est vivement attaqué dans divers pamphlets de l'époque.

Le troisième est Innocent,

Grand ami de Guillaume.[1]

Jacques en est pour son royaume

Et Louis pour son argent.

[1] Le pape Innocent X, ennemi de la France.

---

## 1695.

Guisard, maréchal tu seras

Quand une place tu rendras.

Landerirette !

Rheims à ta femme l'a promis.

Landeriri !

Ces vers sont de la Duchesse de Bourbon (Mademoiselle de Nantes, fille naturelle de Louis XIV), princesse moqueuse et hardie, dont la verve redoutable ne respectait rien, pas même l'éclat du trône. Saint-Simon la represénte comme "méprisante, piquante, féconde en artifices noirs et en chansons des plus cruelles."

Voici quelques autres échantillons des malices qu'elle se permettait :—

Pourquoy vous en prendre à moy,

Princesse ?[1]

Pourquoy vous en prendre à moy ?

Vous ai-je ôté la tendresse

[1] Ces vers s'adressent à une des sœurs de la duchesse, la Princesse de Conti ; quant à la duchesse, elle se livrait à l'intempérance, comme le prouvent les Lettres de Madame, Duchesse d'Orléans.

De quelque garde du Roi ?
　Ce goût, rempli de bassesse,
Vaut-il le vin que je bois ?
Pourquoy vous en prendre à moy,
　　Princesse ?
Pourquoy vous en prendre à moy ?

———

Si tu n'as pas, quoique vainqueur,
　Rétabli Jacques en place,
　Compte, grand Roy, cette disgrâce
Pour un effet de ton bonheur ;
C'est un profit bien clair d'épargner ce transport,
　Il n'en vaut pas le port.

———

## 1695.

### *Confiteor.*

Quand Villeroy vit les soldats [1]
　De ce fameux Prince d'Orange,

---

[1] Villeroi, général présomptueux et malhabile, vit pleuvoir sur lui un déluge de chansons malignes ; on en trouvera des échantillons assez étendus dans la Correspondance de la Duchesse d'Orléans, 1855, t. I. p. 18.

Il dit à son ami tout bas,
   Il faut bien que les miens se rangent,
Mais, hélas ! que je crains la mort !
Dirai-je mon *Confiteor ?*

Il a fui, ayant annoncé
   Promptement sonner la retraite ;
De vingt lieues s'étant éloigné,
   Il craignoit encor la défaite.
Ma foi, je crois qu'il tremble encore,
Et qu'il dit son *Confiteor.*

L'année prochaine, Villeroi,
   En toi nous aurons confiance,
Puisque toujours avec effroi
   Tu prends soin de notre défense ;
Et si, par hasard, on se bat,
N'en dis point ton *meâ culpâ.*

---

## 1696.

Ne disons mot de Villeroy,
   Il fut choisi par le Roy ;
Faut s'en prendre à ce bon prince
   D'avoir fait un choix si mince.
Lampons, lampons, camarades, lampons !

Souvent il choisit fort mal,
Témoin le grand amiral,
Témoin le boiteux du Maine,
Témoin Maintenon la Reine.
Lampons, etc.

Le babillard Chancelier
Et le fade Pelletier,
Croisy, le triste Pomponne,
Sont l'appui de la couronne.
Lampons, etc.

Après quoi vient Barbezieux,
Qui ne vaudra jamais mieux ;
De tous ces choix on peut dire
Que qui choisit prend le pire.
Lampons, etc.

----

## 1695.

Nous ne prendrons que quelques couplets dans un Noël composé cette anneé, et qui a le défaut d'être très long et souvent fort plat.

Après vint la douairière,
Veuve du vieux Duras ;
Comme une bonne mère
On l'entendit tout bas

Pour son fils bien aimé présenter sa requête :
　　Seigneur, sauvez son front, don, don,
　　　De ce qu'on ne dit pas, la, la,
　　　Et qui gâte la tête.

　　De la cérémonie
　　　Étoit un patelin
　　Qui du fils de Marie
　　　S'en vint baiser la main ;
C'étoit Nicolay : Dieu ! qu'il me parut fade !
　　Son discours fut si long, don, don,
　　　Que l'enfant délicat, la, la,
　　　Pensa tomber malade.

　　Coquette et plus parée
　　　Que dans un jour de bal,
　　Leste et délibérée
　　　Survint la Du Montal,
Qui disoit à l'enfant, Je suis jeune et jolie ;
　　Que l'on en parle ou non, don, don,
　　　Je veux avec cela, la, la,
　　　Vivre comme Julie.

　　Maréchal d'aventure,
　　　Vous vintes le dernier
　　Montrer votre figure
　　　Autant que pour prier ;

Car vous croyez en Dieu comme je crois aux fées ;
    Tous les Joyeuses sont, don, don,
       Fripons ou scélérats, la, la,
       Pour ne pas dire athées.

    La Boufflers vint se rendre
       Aussi grasse qu'un muid ;
    On dit que comme en Flandre
       Elle y lorgna Mailly ;
Puis un divin poupon tint tout bas ce langage :
    Tromper un vieux barbon, don, don !
       Ce ne peut être là, la, la,
       Seigneur, un grand dommage.

    Quelques moments ensuite
       Survint la Montauban,
    Portant pour tout mérite
       Bien du rouge et du blanc ;
Un chacun demanda ce qu'elle venoit faire ;
    Elle cherchoit Biron, don, don !
       Ne le trouvant pas là, la, la,
       Elle n'y resta guères.

    Les cocus de la ville
       Parurent en ces lieux ;
    Devienne et La Vieuville
       Se distinguèrent entre eux ;

On prétendoit nombrer la troupe pacifique,
  Mais pour cela, dit-on, don, don,
    Aucun ne savoit là, la, la,
      Assez d'arithmétique.

  En démarche espagnole
  Vint le Duc de Grammont
De sa vieille v—le
  Demander guérison.
Joseph lui répondit, J'y trouve des obstacles,
  Priez-en le poupon, don, don !
    Car pour guérir cela, la, la,
      Il vous faut un miracle.

---

### 1699.

  De Saint-Just à Paris
    Savary prend sa course
    Pour attraper la bourse
  Du bon Sobieski,
  Mais Luxembourg la prit.[1]

[1] Madame de Savari, femme d'un grand-maître des
eaux et forêts, revint de Paris à Saint-Just pour tâcher
d'attraper le Polonais Sobieski ; mais elle trouve la
place prise par M^lle de Clairambaut, Duchesse de Luxembourg.—*Note du temps.*

Pour la troisième fois
   De Gèvres a pris sans peine
   Un amant sur la Seine
Et laisse là Charnois.[1]

Pour la trentième fois
   Castelnau distribue
   Un poison lent qui tue
L'amant qui suit ses lois.

Vilaine du Terail,
   Ne faites point la fière,
   Car votre La Bruyère
Tient beaucoup du cheval.

Taisez-vous, dame Igny,
   Et souffrez qu'on vous dise
   Que sous votre chemise
Il n'est rien de petit.

Ah! quel tempérament
   A Rohan la princesse!
   Il faut à son Altesse
Pour le moins douze amants.

---

[1] La Duchesse de Gèvres, après avoir quitté Charnois, eut affaire successivement à Delet de la Foire, à Baron, le comédien, et à Thévenard, auteur d'opéras.—*Note du temps.*

Harcourt, tu nous surprends
　Par ta nouvelle affaire ;
　D'Estrées a, pour te plaire,
Pourtant le nez bien grand.[1]


A cinquante ans passés
　La Breteuil si fière
　S'est avisé de faire
Un amant bien troussé
A cinquante ans passés.


Curzé, de vos attraits
　Soyez moins prévenue ;
　Quand on vous a connue
On a regret aux frais
Que pour vous l'on a faits.

---

[1] Voir dans les 'Plaisantes Imaginations' de Brus-
cambille, 1613, le discours *en faveur des gros nez ;* c'est
une paraphrase de cette sentence : "*Ad formam nasi
cognoscitur . . . .*" Nous lisons dans le singulier ouvrage de Kornmann, 'Linea Amoris' (Coloniæ, 1765,
p. 341), "Johanna, illa regina Napolitana, adeo salax
et lasciva fuit, ut quemlibet robustum et cum longo naso,
longum ex eo penem augurans, ad sese accesseret."
　　　　Belles, jamais ne prenez
　　　　Qui n'ont un grand nez
　　　　　Que pour la parade.
　　　　　　*Colle, Chansons,* 1784, p. 61.
"Noscitur ex naso, quanta sit hasta viro."—Épigramme

anonyme indiquée dans l'Erotopægnion, edente Fr.
Noël, 1798, p. 184.

------------

## 1705.

La première grossesse de la Duchesse de Bourgogne,
survenue cette année, provoqua diverses pièces de vers.
En voici une où il n'y a rien à redire :—

L'est-elle, ou ne l'est-elle pas?
   Dans neuf mois la verrons-nous mère,
Celle en qui brillent tant d'appas,
   Celle en qui le royaume espère,
Celle de qui l'on dit tout bas,
L'est-elle, ou ne l'est-elle pas?

Elle-même sur ce sujet,
   Ignorant tout ce qui décide,
Au médecin conte le fait
   D'une voix tremblante et timide,
Lui disant mille fois tout bas,
Le suis-je, ou ne le suis-je pas?

Elle le sera, Dieu merci!
   Que de dames par complaisance
A leurs maris, pour l'être aussi,
   Feront leur humble remontrance,
Disant qu'au cercle en pareil cas
On rougit de ne l'être pas.

Tous les époux, bons courtisans,
    D'hymen reprendront la méthode;
Quelques amours agonisants
    Revivront pour être à la mode;
Telle qui jamais n'eut d'appas
Pourra l'être ou ne l'être pas.

---

On rencontre moins d'innocence chez d'autres chansonniers qui célébrèrent la "besogne du Duc de Bourgogne," besogne qui promettait des héritiers à Louis XIV, et dont Louis XV fut un des fruits.

Savez-vous pourquoy Monseigneur
Aime tant la Conty sa sœur?—
C'est qu'il lui fait la besogne
De Monsieur le Duc de Bourgogne.

Savez-vous à quoy les Loisons
Ont gagné tant de ducatons?—
C'est en faisant la besogne
De Monsieur le Duc de Bourgogne.

Le Chamillard n'a point d'argent,
Pourquoy se tracasse-t-il tant?—
Que ne taxe-t-il la besogne
De Monsieur le Duc de Bourgogne.

L'autre jour je vis Gonnelieu,[1]
Qui, comme un chartier, juroit Dieu
Contre ceux qui font la besogne
De Monsieur le Duc de Bourgogne.

Il mit en pièces son surplis,
Disant qu'il n'est que les maris
Qui doivent faire la besogne
De Monsieur le Duc de Bourgogne.

Voyez-vous les enfants-trouvés?
Sous des choux ils ne sont pas nés;
Ce sont des fruits de la besogne
De Monsieur le Duc de Bourgogne.

---

## 1705.

*Couplet fait par le Duc de La Ferté.*

Et f . . . . que vous importe
   Que je sois homme de bien,—
Qu'un jour le diable m'emporte,
   Ou que je boive du vin?
Mais que la Scarron vous berne,
Qu'un sot boiteux vous gouverne
Sous ombre de prier Dieu,
C'est votre affaire, morbleu![2]

[1] Jésuite, né en 1640; il s'était fait un grand nom
comme prédicateur.
[2] Ces vers s'adressent à Louis XIV, qui avait adressé

F

des réprimandes au Duc. Le "sot boiteux" est le Duc du Maine, accusé d'hypocrisie.

---

## 1706.

En 1706 le Duc de la Feuillade fit le siége d'Asti, ville qu'il avait laissé prendre en 1705 ; on se moqua de ce général présomptueux et malhabile.

Courage, mon cher d'Aubusson !
 Ta fortune s'avance,
Tu touches du doigt au bâton ;
 Encore une imprudence :
Asti, livré aux ennemis,
 Est d'un heureux augure :
S'il pouvoit n'être pas repris,
 Ta récompense est sûre.

---

## 1707.

### Biribis.

Savez-vous bien que l'Antechrist
 Fait un voyage en France ?
Il vient, dit-on, pour rétablir
 L'ordre dans la finance.
Il fait miracles à foison,
La faridondaine, la faridondon !
 Tant mieux, car tout se fait ici,
  Biribi,
 A la façon de Barbari.

## 1707.

*Joconde.*

La Savary parle à son tour,
  Et dit d'un ton colérique :
Il n'est rien d'égal à l'amour,
  Et foin de la critique !
Je verray sans crainte d'Albret
  Faire le diable à quatre ;
J'aimerai tout amant bien fait,
  Je n'en veux rien rabattre.

Si j'aime, dit la La Ferté,
  Le grand comte de Lionne,
C'est un défaut de parenté,
  Et non de la personne.
A quoi bon s'estomaquer ?
  Il est si bon apôtre ;
On ne vaut pas un sou marqué
  D'être autrement qu'une autre.

La Bertin d'une faible voix
  Ne dit qu'une parole ;
Elle a beau compter par ses doigts,
  Elle finit son rôle :

Adieu, dit-elle, amours et ris,
Le souvenir m'en choque ;
Mon sein gâté, mon pied pourri ;
Enfin tout se disloque.

---

## 1708.

### *Ne m'entendez-vous pas ?*

Pour la centième fois
La Mussy, peu cruelle,
Quitte son prince fidèle,
Et fait un autre choix
Pour la centième fois.

Pour la première fois
D'Albret lorgna la belle ;
Il dit à la donzelle,
Vous serez dans un mois
A la centième fois.

A ce mot de cent fois
La belle fut tentée,
Mais elle fut trompée
Quand à la fin du mois
Le nombre fut de trois.

Pour la centième fois
   Boislandry la commode
   Jure que c'est la mode
D'en conter aux grivois
Pour la centième fois.

Sois aveugle, d'Harcourt,
   Ta femme est infidèle ;
   Pour bien vivre avec elle
C'est trop peu d'être sourd.

Vendôme et Catinat
   N'iront plus à la guerre,
   Car la vieille sorcière
Ne veut plus de combats ;
Ne la connais-tu pas ?

-----

### Triolets.

Tout est flambé, tout est perdu,
   Disent ici tous nos Alcides ;
L'Escaut passé, Lille rendu,
Tout est flambé, tout est perdu ;
Fénelon a bien défendu
   A nos princes d'êtres homicides ;
Tout est flambé, tout est perdu,
   Disent ici tous nos Alcides.

Que Paris fait bien son devoir
　Dans les vœux qu'il fait pour nos princes,
Il n'aspire qu'à les revoir ;
Que Paris fait bien son devoir,
Leur retour devient tout l'espoir
　Des frontières et des provinces ;
Que Paris fait bien son devoir
　Dans les vœux qu'il fait pour nos princes !

---

La faiblesse du Duc de Bourgogne, les revers dont il
fut témoin et qu'on lui imputa, provoquèrent contre lui
une foule d'attaques mordantes.

Quand on propose d'attaquer,
Bourgogne n'en veut point tâter :
Les Chrétiens, dit-il, sont trop chers
Pour les envoyer aux enfers.[1]

---

Dieu ! comme le Duc de Bourgogne
　　Cogne !
　Qu'il a bien la trogne
　Du dieu des combats !
Louis, tout comblé de louanges,

[1] Un autre rimeur disait au Duc :—
　　"Priez Dieu pour notre armée,
　　　Ne la commandez jamais !"

Va, jamais ne change
  Tes pieux desseins ;
Déjà Dieu te range
  Au nombre des saints.
  Ton cœur docile,
  En rendant Lille,
Suit la maxime de l'Évangile :
Fais du bien à tes ennemis.

---

La Duchesse de Bourbon lui décocha un trait envénimé en faisant à la Duchesse de Bourgogne une question fort hasardée et en supposant une réponse maligne.

S'il est entre tes bras
  Comme il est à la guerre,
  Pourroit-il bien te plaire—
Toujours les armes bas ?
Ne m'entendez-vous pas ?

Il est entre mes bras
  Comme il est à la guerre—
Toujours les armes bas ;
  Pour comble de misère,
  Nangis n'est plus, hélas !
Ne m'entendez-vous pas ?

Voici un autre couplet que les recueils manuscrits attribuent à cette redoutable duchesse :—

Faute d'un meilleur choix,
Salabery s'apprête
A faire la conquête
D'un fils de Saint-François,
Faute d'un meilleur choix.

---

## 1709.

Les malheurs du temps amenèrent d'odieuses attaques contre le Roi.

Le grand-père est un fanfaron,
Le fils un imbécile,
Le petit-fils un grand poltron ;
O la belle famille !
Que je vous plains, pauvres François,
Soumis à cet empire !
Faites comme ont fait les Anglois ;
C'est assez vous en dire.

---

Madame de Maintenon fut, à plusieurs reprises, l'objet d'invectives mordantes.

Créole abominable !
Infâme Maintenon !
Quand la Parque implacable
T'enverra chez Pluton,

O jour digne d'envie,
Heureux moment,
S'il en coûte la vie
A ton amant ![1]

---

[1] Nous nous écarterions de notre sujet si nous voulions parler ici avec quelque détails des écrits que les presses de Hollande dirigèrent contre Madame de Maintenon, et qui se répandaient en France malgré des peines sévères. M. Brunet (Manuel du Libraire, t. IV, p. 217) mentionne, d'après un document manuscrit, le supplice de deux ouvriers imprimeurs ou relieurs, pendus le 19 Novembre, 1694, après avoir subi la question ordinaire et extraordinaire ; on les accusait d'avoir imprimé et vendu des libelles contre le Roi et Madame de Maintenon.

---

Le *branle,* ou le *bon branle,* nom d'une danse à la mode dans le vieux temps, devint alors un refrain, qui fut fort exploité dans les couplets de l'époque.

Marlborough fit à Ramilly
Danser un triste branle ;
Mais pour cette campagne icy
Vendôme prétend avec lui
Danser un autre branle ;
Dieu veuille qu'il le fasse aussy,
Car autrement tout branle.

La D'O, d'un grand air de mépris,
 Dit : quel est donc ce branle ?
Est-il si merveilleux, au prix
De celui qu'en Turquie j'appris ?
 Peste ! c'étoit un branle !
J'ai parcouru bien des pays
 Sans trouver un tel branle.

La Lauzun,[1] malgré son mari,
 Danse souvent ce branle
Avec Biron, son favori ;
Pour se consoler de Mailly
 La Passy fait son branle,
Et tour-à-tour avec Cany[2]
 Recommence ce branle.

Avec un air fort innocent
 La d'Estrées vient au branle,
Disant : je voudrois un amant ;
Mon mari n'a point de talent,
 Et ne sait point le branle,
Mais un prélat jeune et charmant
 Me fait danser ce branle.

[1] Mademoiselle de Lorge, fille du Maréchal de ce nom, femme de M. le Duc de Lauzun et le Marquis de Biron, lieutenant-général.
[2] M. de Cany, fils de M. de Chamillard.

Affectant un air·sérieux
  Quand on parle du branle,
Vallière d'un ton dédaigneux
Dit : c'est un héros que je veux
  Pour danser un vrai branle,
Et quoique Conti soit goutteux
  Il m'a montré ce branle.

En vraie fille de garnison
  Et qui connoît le branle,
Duras agace les garçons
Et leur propose sans façon
  De faire un tour de branle ;
Mais le seul Cani, ce dit-on,
  A d'elle appris ce branle.

Listenay partout n'a qu'un cri,
  Pour apprendre le branle :
Ma sœur l'a eu sitôt appris,
Pourquoy ne veut-on pas aussi
  Me montrer ce doux branle ?
Tant que j'ai bien réussi,
  J'étudierai mon branle.

Avec un air tout gracieux
  La Lorge vient au branle ;

Elle cherche dans tous les yeux
Celui qu'elle croit danser le mieux,
   Puisqu'elle aime ce branle;
Le temps lui devient précieux,
   Car bientôt plus de branle.

Au Palnis voulant faire affront
   La d'Estrées vient au branle;
Quatre fois ne me suffiront
Pour assouvir ma passion,
   Il faut toujours ce branle,
Ou je m'en irois chez Fillon[1]
   Pour me soûler du branle.

On voit dans un coin Maintenon,
   Qui veut juger du branle;
C'est un bon juge, ce dit-on,
Et qui peut donner des leçons
   En matière de branle;
Elle en sait en toutes façons,
   Et c'est pourquoi tout branle.

[1] Célèbre courtière d'amour à l'époque de la Régence.
La conspiration de Cellamare fut découverte chez elle.
On la fit changer de nom et on l'envoya en province,
où elle fit un mariage avantageux.

1709.

*Réponse des Coquettes de Paris à ceux qui les nomment Coquettes.*

C'est en vain qu'un esprit méchant
 Contre nous se déchaine ;
Ce n'est pas un crime si grand
Que de soulager un tourment
 Qui cause des peines ;
Ce n'est pas un crime si grand
 Que d'avoir l'âme humaine.

Pour moi, dit la belle Pléneuf,
 Quand un amant fidèle
Sait d'un doux langage amoureux
Exprimer vivement ses feux,
 Faut-il être cruelle ?
Et faut-il faire un malheureux
 Lorsque l'on est si belle ?

Et moi, dit l'aimable Condé,
 Fort peu je me soucie
Qu'on nomme trop peu de fierté
Des marques de sincérité ;
 Ce n'est qu'une folie ;
Trouve-t-on dans la cruauté
 Les plaisirs de la vie ?

Écoutez donc, dit la Crécy,
   Quel est ce beau langage ?
Ce n'est pas la mode à Paris
Que pour avoir pris un mari
   A lui seul on s'engage ;
On n'a jamais en ce pays
   Suivi un tel usage.


La Luxembourg, d'un œil riant,
   A dit sans nul mystère :
Le mérite dans un amant
N'est pas pour moi celui du rang,
   Ce n'est qu'une chimère ;
Je ne m'en tiens qu'à son talent,
   Pourvu qu'il sache plaire.


Pourquoi trouve-t-on étonnant,
   Répondent les duchesses,
Si nous ne cherchons fort souvent
Ni la dignité, ni le rang,
   Ni l'ancienne noblesse ?
Cela vaut-il dans un amant
   Les marques de tendresse ?

## 1710.

Mes amis veulent pour rire
  Que je fasse une chanson,
  Et que je change de ton
A chaque trait de satire ;
  Cela sera polisson,
Mais, qu'importe ? je veux rire ;
  Cela sera polisson ;
  Or écoutez ma chanson.

Louis avec sa charmante
  Renfermé dans Trianon,
Sur la misère présente
  Se lamente sur ce ton :
Et allons, ma tourlourette,
  Et allons, ma tourlouron.

Adieu, Turin, ce beau siége,
  Adieu, tout ce beau canon ;
Toute une armée prise au piége,
  Qui court par vaux et par monts.
Et allons, ma tourlourette,
  Et allons, ma tourlouron.

Vous verrez l'année prochaine
Marlborough en ce salon ;
Je ne m'en mets guères en peine,
Nous danserons tout en rond ;
Et allons, ma tourlourette,
Et allons, ma tourlouron.

---

## 1713.

*Vers faits sur le Marquis de Gèvres.*[1]

Filles qui cherchez un époux,
Gardez-vous
De marquis à membres moux ;
J'en fais l'épreuve cruelle,
Car je suis
Femme et pucelle.

Pour me tirer du bourgeois
On fit choix
De cet ambigu minois ;

[1] Ce personnage a eu une célébrité fâcheuse à l'étrange procès que lui intenta sa femme, pour cause d'impuissance, procès dont les pièces recueillies à Rotterdam, en 1714, replissent 900 pages. Il avait épousé Mlle Maserani, fille d'un maître des requêtes, extrêmement riche ; Saint-Simon parle de ce procès, qui amusa tout Paris, t. XIX, p. 174 ; t. XXI, p. 136.

Depuis trois ans l'amphibie
    N'a montré,
N'a montré signe de vie.

Mes parents ambitieux,
    Curieux
De savonner leurs aïeux,
Ont, pour me voir élevée,
    Acheté,
Acheté une poupée.

Avec le bien que j'avois
    Je pouvois
D'un autre homme faire choix.
De quoi me sert d'être riche,
    Si mon fond,
Si mon fond demeure en friche?

D'un tendre tempérament,
    Le penchant
Devient un cruel tourment;
Je ne puis en conscience
    Observer,
Observer la continence.

Il faut que les magistrats
    Sur ce cas
Entendent les avocats,

G

Quoique chacun en raisonne,
Car mon con-
Car mon confesseur l'ordonne.

---

De Gèvres, malgré tes efforts,
　Tu laisses ta femme pucelle ;
De vigueur dans un si beau corps
　On ne voit aucune parcelle ;
D'un tel époux qui ne rira ?
Dis trois fois ton *meâ culpâ.*

Jeune, bien fait et caressant,
　Tu charmois un cercle de dames ;
Badin, gracieux, complaisant,
　Tu t'insinuois dans leur âme ;
Mais falloit-il en rester là ?
Dis trois fois ton *meâ culpâ.*

L'opulente Mascaroni
　Espéroit tout de ta figure ;
Elle te croyoit bien fourni
　Des présents de Dame Nature ;
Par malheur elle se trompa ;
Dis trois fois ton *meâ culpâ.*

Crois-tu tromper impunément
  Une dame fringante et jeune,
Avec un appétit si grand,
  Faire observer un si long jeûne ?
L'official en jugera ;
Dis trois fois ton *meâ culpâ.*

Magistrats intègres et pieux,
  Punissez l'auteur d'un tel crime ;
De votre ton sententieux
  Délivrez la pauvre victime ;
Et pour pénitence il dira
Plus d'une fois *meâ culpâ.*

---

### Le Martyrologe des Dames de la Cour.

Tel est le titre d'une pièce fort originale, dont l'idée a pu être empruntée au livre dans lequel Bussy-Rabutin avait représenté, sous des noms de saints, des époux malheureux ; il est à regretter que les mieux tournés de ces couplets soient d'un genre qui ne nous permette pas de les réproduire.

Sainte Contente[1]
  D'amants choisis n'avoit
Que près de trente,
  A ce qu'elle disoit,

[1] La Maréchale d'Estrées.

Dont elle recevoit,
Comme elle souhaitoit,
Tous les jours une rente,
Qui certes la rendoit
Sainte Contente.

Sainte Facile[1]
A tout venant disoit
Qu'elle était fille ;
Pas un ne la croyoit,
Car quand on la pressoit
Et qu'au fait on venoit
Pour peu qu'on fut habile,
Toujours la trouvait
Sainte Facile.

Sainte Finette[2]
A les yeux pleins d'éclat,
L'humeur follette,
Et le teint délicat ;
Si tu n'es pas ingrat,
Amour, change l'état
De la jeune fillette ;
Tire du célibat
Sainte Finette.

[1] M^lle de Tourbes.        [2] M^lle de Charolois.

Sainte Pleureuse,[1]
Un mouchoir à la main,
Étoit rêveuse
Dans un coin du jardin ;
Son amant l'aborda,
De son ardeur parla,
Elle devint joyeuse ;
Il vous manquoit cela,
Sainte Pleureuse.

Sainte Pucelle[2]
Avoit bien résolu
D'être cruelle
Tant qu'elle auroit vécu ;
Mais un moine passa,
Qui d'abord l'engrossa
Et puis dit à la belle :
Soyez après cela
Sainte Pucelle !

---

### Mirlitons.[3]

Dans l'embarras de la presse
Accourut la Montbazon ;

---

[1] M^me de Villefranche.      [2] M^lle de Melun.
[3] Le mot de *mirliton*, pris dans un sens gaillard, de-

L'amour dit : Le mal te presse,
　Travaille à la guérison
De ton mirliton, dondaine,
　De ton mirliton, dondon.

Vieille mâchoire édentée,
　Dit-il à la Montbazon,
Que je te trouve effrontée
　D'oser montrer si longtemps
　Ton vieux mirliton !...

La fameuse maréchale
　S'offrit au dieu des amours ;
Il prit pour la cathédrale
　Du grand Saint-Martin de Tours,
　Son grand mirliton....

Sortant de la casserole
　On vit entrer la Gontaut,
Mais il la trouva si molle
　Qu'il ne lui dit pas un mot
　De son mirliton....

vint alors à la mode. La Place, dans son recueil de
'Pièces intéressantes et peu connues,' a inséré une
parodie originale d'Inez de Castro, tragédie bien connue de La Motte, et dans cette parodie chaque couplet
ramène le même refrain que la chanson ci-dessus.

De Prie y vint toute fière
  D'avoir subjugué Bourbon ;
Mais l'amour pour une ornière,
  Où le plus chaud se morfond,
    Prit son mirliton. . . .

Il visita pêle-mêle
  Polignac et la Sabran,
La Vrillière et la De Nesle,
  Et retint pour le boucan
    Tous ces mirlitons. . . .

D'Alincourt impatiente
  A l'amour se produisit ;
Il la trouva si fervente
  Que pour l'allure il choisit
    Son beau mirliton. . . .

Saint-Aignan, trop médisante,
  Vint avec un faux souris ;
Mais à cette médisante
  L'amour dit : Je te bannis
    Et ton mirliton. . . .

La Courcillon, trop fantasque,
  Parut blanche comme un lys ;

L'amour la trouvant trop flasque
Lui dit : Garde tes mépris
Et ton mirliton....

D'Évreux, la belle comtesse,
Soupiroit seule en un coin ;
L'amour lui rit, la caresse,
Puis dit : Je veux prendre soin
De ton mirliton....

De Retz,[1] comme les bacchantes,
Vint d'un air luxurieux ;
D'amour elle eut les patentes,
Voyant le feu de ses yeux
Pour les mirlitons....

On vit arriver en foule
Les caillettes du Marais,
Mais aux pieds l'amour les foule,
Disant : Je fuis pour jamais
Tous vos mirlitons....

[1] Cette dame était fille du Duc de Luxembourg, et avait épousé l'aîné des petits-fils du Maréchal de Ville- roi; Madame (mère du Régent) en parle dans sa Cor- respondance (lettre de 6 Août, 1722, p. 519 de l'édition de Stuttgart, 1843); elle prenait part aux orgies des roués de la Régence ("sie dem Duc de Richelieu zu

L'auteur de ce vaudeville

Ne dira jamais son nom,

Car étant à la Bastille

Il diroit d'un triste ton :

Foin du mirliton, dondaine !

Foin du mirliton, dondon !

---

## 1717.

La Duchesse de Berri, fille du Régent, célèbre par le scandale de sa conduite, fut l'occasion, comme bien l'on peut croire, d'une foule de couplets malins ; nous n'en donnerons qu'un échantillon très-adouci.

Celle de qui j'écris l'histoire

Est la Messaline du temps,

J'en veux éterniser la gloire

Par des éloges éclatants.

gefahlen gantz nackendt mitt ihm und seinen gutten Freunden zu nacht gessen"). Elle avait pour amant Rion, qui avait exercé un si grand empire sur la Duchesse de Berri ; mais, ne s'en tenant point là, elle prit aussi le chevalier d'Aidie, et, Rion voulant se fâcher, elle lui dit qu'il devait la remercier de ce qu'elle le ménageait et de ce qu'elle lui donnait des rivaux, car il n'avait pu croire qu'elle s'en tint à lui, ajoutant que (mais il faut laisser parler *Madame*) : "sie könte nicht einschlaffen ; sie hette den 8 mahl Wüstereyn gethan."

Le premier jour, ce galant homme
La rendit par duplicata,
Comme fut sa patronne à Rome,
*Lassata, non satiata.*

Mais dès lors qu'elle fait la mine
Ou psalmodie une chanson,
On la prend pour la concubine
De tous les goujats de Pluton.[1]

---

### 1717.

*Noël.*

Roi, pendant ton enfance,
Si je suis ton Régent,
Ici, tout comme en France,
Je raflerai l'argent.

[1] Parmi les nombreux écrits satiriques dirigés contre la Duchesse de Berri, on peut mentionner 'Le Régent aux Enfers, prosopopée ;' c'est une comédie en trois actes et en vers, souvent fort orduriers ; une copie, exécutée avec grand soin et ornée de dessins à la gouache, faisait partie du cabinet de M. Bourdillon ; l'ouvrage se trouve dans les recueils manuscrits de l'époque. Il en a été donné quelques extraits dans une note jointe à la traduction française de la Correspondance de Madame, Duchesse d'Orléans, 1855, t. II, p. 390.

Je mets tout au conseil, le bœuf, l'ânon, Noailles,
 Et même Saint-Simon, don, don !
 Qui son nom soutiendra, la, la !
  Partout hors la bataille.

 Puis en voyant Marie,
  Si gracieuse à voir,
 Il lui dit, je vous prie
  A souper pour ce soir ;
Venez chez la Berry ; nous y ferons bonne chère ;
 Nous nous enivrerons, don, don !
 Noie même y sera, la, la !
  Avec la Parabère.

 Grosse à pleine ceinture,
  La féconde Berry
 Dit d'un humble posture
  Et le cœur bien marry :
Seigneur, je n'aurai plus l'humeur aussi gaillarde ;
 Je ne veux que Rion, don, don !
 Quelquefois mon papa, la, la !
  Par ci, par là, mes gardes.

 Arrivant de la chasse
  Bourbon vint en ces lieux,—
 Je ne suis point la trace,
  Dit-il, de mes aïeux ;

Ils n'étoient occupés que de pures vétilles,
   Forçoient des bataillons, don, don !
   Conquéroient des états, la, la !
     Moi, je fouette des filles.

   A la crèche arrivée,
     La charmante Conti
   Fut très fort étonnée
     D'y voir La Fare aussi ;
L'enfant qui connoît tout dit, gardez-vous, mamie,
   De servir ce mignon, don, don !
   Le bossu le saura, la, la !
     Et vous fera la vie.

   La main dans sa ceinture
     Le chancelier entra,
   L'auteur de la nature
     Humblement adora ;
Mais poussant un soupir, il dit d'un ton sinistre,
   J'ai peu d'ambition, don, don !
   Mais ne devrai-je pas, la, la !
     Etre premier ministre ?

   Pour célébrer la fête
     Du saint accouchement,
   Le Régent à la tête
     Va bien dévotement.

Jésus lui dit : Sortez avec votre faux zêle,
    Pourquoi tant de façons, don, don ?
    Vous qui ne croyez pas, la, la !
      A la vie éternelle.

    Pour rendre son hommage
      A ce petit enfant,
    D'Estrées s'adresse aux mages
      Arrivés d'Orient,
Disant : Votre pays en café est fertile,
    J'en demande du bon, don, don !
    Pour aller de ce pas, la, la !
      Le vendre dans la ville.

    Avec mine arrogante
      Law parut en ces lieux :
    D'une voix insolente
      Il dit au Roi des cieux :
Seigneur, vous êtes gueux; tout ici bas vous manque,
    Prenez des actions, don, don !
    Et ne refusez pas, la, la !
      De faire un compte en banque.

    Sur le bruit que des anges
      Arrivoient en ces lieux,
    Pour chanter les louanges
      Du souverain des dieux,

Le Canillac, pressé d'aller à leur rencontre :
  Où sont ces beaux garçons, don, don !
  Je ne les vois pas, la, la !
    Vite, qu'on me les montre !

---

## 1720.

A Law on dit que le Régent
  Promettoit la potence
S'il ne voioit bientôt l'argent
  Venir en abondance.
Law dit : La diminution,
La farindondaine, la farindondon !
Soutiendra bien notre crédit,
    Biribi,
  A la façon de Barbari.

Le Régent lui dit en fureur :
  Votre projet m'emporte,
A rendre dix fois la valeur
  De ce que l'on m'apporte,
Par ma foi, si nous le faisons,
La faridondaine, la faridondon
Ce sera un joli profit,
    Biribi,
  A la façon de Barbari.

Law calma bientôt son courroux
En se faisant entendre :
Monseigneur, dit-il, croyez-vous
Que je le veuille rendre ?
Tout cet argent que nous prenons,
La faridondaine, la faridondon,
Se rendra dans six mois d'ici,
Biribi,
A la façon de Barbari.

1722.

Le grand portail de Saint-Sulpice,[1]
Où l'on a fait tant de service,

[1] Il s'agit ici d'une aventure scandaleuse qui occupa tout Paris, et que Madame, Duchesse d'Orléans, raconte tout crûment dans une lettre du 8 Mars, 1721 (p. 486, éd. de Stuttgart, 1843, t. II, p. 307, de la traduction française, 1855). Le Comte de Charolois, de la maison de Condé, fut accusé d'avoir, à la suite d'une orgie, brûlé cruellement Madame de Saint-Sulpice, femme d'un inspecteur-général de la Marine. Cette anecdote est racontée dans le manuscrit du Journal de l'avocat Barbier, mais l'éditeur de cet ouvrage curieux a cru devoir supprimer ce passage ; voir les ' Mélanges ' de Boisjourdain, t. II, p. 10, et le Journal de Murais dans la ' Revue Retrospective,' 2ᵈᵉ série, t. VII et VIII.

Est brûlé jusqu'au fondement ;
Chacun s'étonne avec justice
   Que les Condé, pour passe-temps,
Aient brûlé ce grand édifice.

Au grand Condé, terrible en guerre,
Plus craint cent fois que le tonnerre,
   Bourbon, que tu ressembles peu !
A trente ans tu n'es qu'un novice,
   Car tu n'as jamais vu le feu
Qu'à la brèche de Saint-Sulpice.

Un jour l'aimable Saint-Sulpice,
Qui ne songeoit point à malice,
   Se chauffoit en mettant son fard ;
Le feu prit à sa cheminée ;
   Je m'en étonne fort, car
Elle étoit de frais ramonée.

---

### 1724.

#### Mirlitons.

Un jour le Dieu de Cythère
   Fit assembler dans Paris
Dans un même monastère
   Par les ordres de Cypris

Tous les mirlitons, mirlitons, mirlitaines,
  Tous les mirlitons,
   Don, don !

D'Orléans, jadis Régente,
  Revenant de Bagnolet,
A ce petit dieu présente
  Avec ses dents à crochet
   Son grand mirliton. . . .

Fi ! dit l'Amour en colère,
  Aussitôt qu'il l'aperçut ;
Va, déplore ta misère,
  Car je mets au rebut
   Les vieux mirlitons. . . .

On vit sa sœur la Duchesse,
  Qui, par un dernier ressort,
Récrépissoit sa vieillesse ;
  Mais elle eut le même sort
   Pour son mirliton. . . .

Après elle fut trouvée,
  La Princesse de Conti,
Du cloître tout ennuyée,
  A l'amour criant merci
   Pour son mirliton. . . .

H

Suivant l'ordre de la liste,
   Il dit, voyant la Clermont,
Que ce beau visage est triste!
   Si tout de même il répond,
Quel mirliton, mirliton, dondaine!
   Ah! quel mirliton, dondon!

---

### 1726.

A la patronne de Paris
   La De Prie disoit en colère:
Demeurez dans votre logis
   Et mêlez-vous de votre affaire;
   Car ici-bas je prétends
Faire la pluie et le beau temps.[1]

[1] La Marquise de Prie, maîtresse du Duc de Bourbon.

---

### 1730.

Un banquier juif, nommé Dulis, entretenait l'actrice Pellissier, laquelle était en relation avec Francœur, de l'Opéra; les faiseurs de couplets s'emparèrent de ce petit scandale.

Un circoncis, pour me baiser,
   M'offrent maintes pistolles;
Oserai-je les refuser?
   Ce seroit d'une folle;

Allons, Francœur,
Mon petit cœur,
Il faut que je me rende ;
Eh bien, Ninon !
Rendez-vous donc
Et partageons l'offrande.

Je consens que de mes ducats
Francœur entre en partage ;
Mais si de tes charmans appas
Il fait encore usage,
Ma Pellissier,
Sans nul quartier
Je le fais circoncire.
Fi donc, rabbin !
C'est son engin
Qui m'a servi de lyre.

Dulis envoya à Paris un valet avec mission d'assassiner Francœur et la Pellissier ; l'émissaire, peu prudent et peu lettré, chargea un écrivain public de tracer une épître, dans laquelle il rendait compte de ses démarches au vindicatif Israëlite. Dénoncé par l'écrivain, il fut arrêté, jugé et roué en Place de Grève.

Il existe un livret intitulé : ' Mémoires anecdotes pour servir à l'histoire de M. Deliz, fameux Juif portugais, et la suite de ses aventures après la catastrophe de celle de M<sup>dlle</sup> Pellissier, actrice de l'Opéra' (Londres, 1739, 8°, 188 pages). On connaît aussi 'Le Sérail de Delys,'

petite comédie en vers, Cologne, 1735. Delis est l'objet
d'un article dans la Biographie Universelle, t. LXIII;
voir aussi les 'Anecdotes dramatiques,' par l'Abbé de
la Porte, t. II, p. 240, et les 'Mélanges Historiques' de
Bois-Jourdain, 1807, t. II, p. 376.

---

### 1730.

Le Roi, pour plaire à Fleury
        Et à sa sequelle,
Vient d'éxiler de Paris
        Un sujet fidèle ;
Le peuple en va murmurer,
        Et les filles vont crier :
Rendez-nous Pucelle,
        O gué !
Rendez-nous Pucelle.[1]

[1] L'Abbé de Pucelle, conseiller en Parlement et ad-
versaire chaleureux de la bulle *Unigenitus*.

---

*Air du Fleuve d'Oubli.*

Tu veux qu'on te chansonne,
    Languet, mon cher prélat,
        A, â, â !
Pourquoi au public tu donnes
    A rire avec éclat
        A, â, â ?

Est-ce alors que l'on se moque
D'un historien à la coque,
A la coque ?[1]

Vivre pour Dieu sans haine,
Selon toi c'est assez,
E, ê, ê,
Pour éviter la peine
Et le sort des damnés,
E, ê, ê.

Afin de plaire à Rome,
Nettement tu nous dis,
I, i, i,
Qu'on obéisse à l'homme
Contraire à Jésus-Christ,
I, i, i.

Pour éteindre les flammes
Du beau sexe dévot,
O, ô, ô,
Faire saigner les dames,
C'est le conseil d'un sot,
O, ô, ô.

[1] Allusion à un ouvrage de Languet, évêque de Sens, qui parut d'une mysticité exagérée ; il a pour titre, 'Vie de la vénérable mère Marie Alacoque,' Paris, 1729. Cet ouvrage a été réimprimé souvent depuis, et traduit en anglais, en italien, en allemand, en portugais.

Ton épître rampante
En tout est si confus,
U, û, û,
Forcera les quarante
A te tourner le cul,
U, û, û.

---

### 1732.

L'Archevêque de Paris, M. de Vintimille, eut sa part dans les couplets que faisait naître l'ardeur des querelles sur la bulle *Unigenitus*, alors dans toute leur force.

Notre archevêque est à Conflans,
Toujours fort so-
Toujours fort so-
Toujours fort solitaire.

On dit qu'il fait pendant la nuit
De rudes pé-
De rudes pé-
De rudes pénitences.

Il devroit, pour être connu,
Porter son ba-
Porter son ba-
Porter son baptistère.

Il pourroit sans s'incommoder
    Vivre de son
    Vivre de son
    Vivre de son bréviaire.

Pendant ses études il étoit
    Le plus beau des
    Le plus beau des
    Le plus beau des scioles.

L'unique soin de son troupeau
    Toujours le so-
    Toujours le so-
    Toujours le sollicite.

Il se fait servir en mangeant
    Toujours en por-
    Toujours en por-
    Toujours en porcelaine.

------------

Que l'archevêque de Paris,
    Buveur, mangeur impitoyable,
Nous fasse voir par ses écrits
    Que quelquefois il sort de table !
Ah, le voilà ! ah, le voici !
Celui qui n'en a nul souci.

Que tous nos seigneurs soient ruinés
　　Au jeu du Roi qu'ils enrichissent !
Que nos évêques soient damnés !
　　Que toutes nos catins vieillissent !

———

Les prétendus miracles effectués sur le tombeau du
diacre Paris, et qui faisaient la joie des Jansénistes, furent aussi l'objet de maint lardon ; il suffira d'en offrir
un seul exemple.

Une femme affligée
　　Postérieurement,
De la terre sacrée
　　S'étoit fait un onguent,
Et sans beaucoup de foi
　　S'en frotta le derrière ;
Mais par punition,
　　Don, don,
Cette humeur acre-là,
　　La, la,
Prit la route contraire.

———

On lui fait maintes neuvaines,
Il fait miracles à centaines,

Le badaud chantant s'en va :
Il a fuit ci, il a fuit là,
   La, la, la,
Il en fuit tout du haut en bas.

———

1731.

Or écoutez d'un vieux paillard
  L'histoire singulière
Du révérend père Girard[1]
  Et la jeune Cadière;

[1] L'affaire du Père Girard, jésuite, accusé d'avoir séduit sa pénitente, occupa la France entière et une grande partie de l'Europe ; il se publia à cet égard des écrits en allemand et en hollandais. Nous nous bornerons à citer 'Le Nouveau Tarquin' (comédie par J. T. Bel), Amsterdam, 1732 (le catalogue Soleinne en indique un exemplaire monté in-4to avec de nombreuses figures ajoutées) ; 'Histoire du Père Girard et de la damoiselle Cadière, divisée en 32 planches,' sans lieu ni date (Hollande) ; ces planches, à l'eau-forte, sont d'un dessinateur habile ; 'Recueil de pièces concernant le procès contre le Père Girard et la demoiselle Cadière,' La Haye, 1731, 2 vol. in-folio, or 8 vol. in-12. Voir pour d'autres ouvrages sur le même sujet, la 'Bibliographie Biographique,' par E. M. Œttinger, Bruxelles, 1854, col. 632.

Ils faisoient, ma foy, tout de bon,
La faridondaine, la faridondon,
Ce que l'on fit quand on vous fit
          Biribi
     A la façon de Barbari.


Le missionnaire du Japon
     Voiant la jeune fille
Presque toujours en oraison
     Et la trouvant gentille,
Lui parla de cette façon,
La faridondaine, la faridondon,
Et lui fit venir de l'esprit
          Biribi
     A la façon de Barbari.


Vous estes Sainte-Madelon
     Malgré toute la terre,
Le bon évêque de Toulon
     Veut écrire au Saint-Père.
Profitez bien de ma leçon,
La faridondaine, la faridondon,
Le Saint-Esprit le veut ainsi,
          Biribi,
     A la façon de Barbari.

Mon père, enseignez-moy donc
Le chemin qu'il faut faire
Pour arriver dans la Sainte-Sion
En face Dieu le père.
Donnez-vous à moy tout de bon,
La faridondaine, la faridondon,
Et vous irez en paradis,
Biribi,
A la façon de Barbari.

---

En 1732, à la suite d'un dîner au magasin de l'Opéra, eut lieu une scène scandaleuse ; des actrices, échauffées par la boisson, méconnurent audacieusement les lois de la décence ; la chose fit grand bruit et mit en train le verve de bien des rimeurs ; nous nous bornerons à en signaler l'existence, et nous n'en transcrirons qu'un seul couplet.[1]

Par vous commença la danse
Camargo, souple à la cadence ;
Suivit de près la Pélissier,
Qui jamais de rien ne s'étonne,
Connue de Paris tout entier
Pour ce qu'elle est et pour friponne.

[1] Une pièce de vers de Gentil Bernard, intitulée 'Les Orgies,' et insérée dans les nombreuses éditions des œuvres de ce poëte, se rapporte à ce scandale.

On trouve au catalogue de la bibliothèque dramatique de M. de Solienne, tome V, p. 527, un manuscrit intitulée 'Description (en vers) des fêtes Pélissiennes célébrées au Magasin de l'Opéra le 4 Juin 1731.'

---

## 1737.

### *La Béquille du Père Barnabas.*[1]

Fille du monde entretenue par Tourette, chanoine de Sainte-Croix de la Bretonnerie, qui était alors procureur du couvent, dont il a diverti 90,000 livres ; il a été enfermé à Saint-Lazare.

On dit que la Beaujeu
    Donnoit en amourette
A tout venant beau jeu,
    Tant elle étoit coquette.
Mais la prudente fille
    Faisoit toujours grand cas
De la grande béquille
    Du Père Barnabas.

[1] Ce refrain eut lieu à l'occasion d'une anecdote, vraie ou fausse, qui amusa alors tout Paris ; on prétendit qu'un moine, nommé le Père Barnabas, avait oublié chez une fille une béquille dont il se servait, et qui fut aussitôt prise dans un sens métaphysique. La vogue de ce refrain dura longtemps ; on trouve dans le rare

Chanoines réguliers,
Votre dépositaire
A mangé vos deniers
Avec une commère.
Maintenant en l'étrille,
Ah! combien de faux pas
Fait faire la béquille
Du Père Barnabas.

recueil, Chansons qui n'ont pu être imprimées, 1784, p. 1, 'La Béquille perdue et retrouvée,' en sept couplets.

Enseignez-moi qui l'a!
Nommez-moi la friponne!
A celle qui l'aura
D'avance je pardonne.
J'ai perdu ma béquille,
S'écrioit Barnaba;
Quelle est l'honnête fille
Qui la rapportera?

Dans chaque carrefour
Pour un bijou si riche
Qu'on batte le tambour
Que partout on l'affiche.
N'est-ce point une fille
Des chœurs de l'Opéra
Qui retient la béquille
Du Père Barnaba?

Nous retranchons le reste. Cette chanson est d'ailleurs insérée dans les 'Chansons Choisies,' Genève (Paris, Cazin), 1782, in–18°, tom. IV, p. 65.

Ce n'est plus Barnabas
 Qui seul en cette ville
Excite du fracas
 Pour trouver sa béquille ;
L'archevêque de Vienne
 Est aussi dans le cas,
Il a perdu la sienne,
 Jugez quel embarras !

Ce qui dans son malheur
 L'irrite davantage,
C'est que ce saint docteur
 Faisoit un bon usage
De ce cher ustensile,
 Et ne méritoit pas
De se voir sous béquille
 Du Père Barnaba.

Une femme à vingt ans
 Vers le saint personnage
Pour avoir des enfants
 Fit un pilgrimage ;
Et bientôt sa famille
 D'un beau fils augmenta
Par la seule béquille
 Du Père Barnaba.

J'aime la vérité,
 Dit Annette en colère ;
Sans partialité
 Moi je tiens pour le père.
Que le monde en babille,
 Toujours Annette sera
Dévote à la béquille
 Du Père Barnaba.

La petite Moras,
 Cette riche héritière,
Suit, dit-on, à grand pas
 L'exemple de sa mère ;
Elle a forcé la grille,
 La raison la voilà,
Pour avoir la béquille
 Du Père Barnaba.

Je ne veux plus, maman,
 Ajuster ma poupée ;
Mon jupon, mon volant,
 M'ont assez ennuyée.
Je suis déjà grandfille ;
 Pour aller à dada,
Moi, je veux la béquille
 Du Père Barnaba.

Un procureur du Roi
　　Au bureau de la ville
Est dans un grand effroi
　　D'être déclaré gille ;
Croit-il que sa guenille
　　A sa femme plaira
Autant que la béquille
　　Du Père Barnaba ?

Notre monarque enfin
　　Se signale à Cythère,
De son galant destin
　　Il ne fait plus mystère ;
Mailly, dont on babille,
　　La première éprouva
La royale béquille
　　Du Père Barnaba.

Notre bon cardinal
　　Pour donner une place
De fermier-général
　　Est diablement tenace ;
Mais il en promet mille
　　A quiconque pourra
Lui rendre la béquille
　　Du Père Barnaba.

## 1737.

Je voudrois que la Chatelraud
Ne portât plus le nez si haut,
Qu'à quarante ans d'être encore folle
  Elle reconnût tout l'abus,
Qu'elle guérît de la v—le
  Ou du moins ne la donnât plus.

---

## 1738.

L'esprit et la gentillesse
  Tout se trouve en votre époux;
Pourquoi donc, belle duchesse,[1]
  Tous les jours le trompez-vous?
Si je lui suis infidèle,
Hélas! plaignez-le, dit elle;
C'est la faute du destin,
Qui m'a fait naître catin.

Jamais Laïs en Grèce
  Ne fut autant catin
Que Vauvray, la maîtresse
  De tout le genre humain;
Car elle fait sans cesse

[1] La Duchesse de Luxembourg.

I

Par le premier venu
Son mari cocu.

---

### Mon Cousin.[1]

Cette pièce de vers, très longue, et souvent dépourvue de sel, signale la nullité de Louis XV.

A tous le Roi bénin,
Mon cousin,
Réplique turelure ;
Le peuple crie en vain,
Mon cousin,
Qu'il n'est roi qu'en peinture.

On en est si certain,
Mon cousin,

[1] Le même refrain se retrouve dans une chanson faite au commencement du règne de Louis XVI, à l'occasion des querelles parlementaires qui surgirent alors : le Roi s'adresse à l'archevêque de Paris :

Après la Saint-Martin, mon cousin,
Le Parlement déniche
Et fait place à l'ancien, mon cousin,
Qui l'envoie faire fiche.

Entrez dans les raisons, mon cousin,
Qui me le font détruire ;
Ce sont tous des fripons, mon cousin,
Qui ne savent pas lire.

Qu'on lui fait mainte injure;
Mais contre tout dédain,
Mon cousin,
La chasse le rassure.

Hélas! il ne suit rien,
Mon cousin,
Ou c'est par aventure;
On le dit bon chrétien,
Mon cousin,
Le nonce nous l'assure.

Le nonce ne vaut rien,
Mon cousin,
Il mérite brûlure.

Le Roi ne brille point,
Mon cousin,
Dans son lit de justice;
Mais dans son autre lit,
Mon cousin,
Il fait mieux l'exercice.

Hérault, fils d'un laquais,
Mon cousin,
De seigneurs assez minces
Se voit par cent forfaits,
Mon cousin,
Aussi riche qu'un prince.

Quel est cet Adonis,
 Mon cousin,
Qui s'avance en cadence ?
Qu'il est beau ! C'est ton fils,
 Mon cousin,
Chaste et noble Florence.[1]

Oui, je vois Saint-Albin,
 Mon cousin,
Qui sort de sa toilette
Beau comme un chérubin,
 Mon cousin,
Et la barbe bien faite.

Admirons dans ses yeux,
 Mon cousin,
Les vertus de son père
Et les regards pieux,
 Mon cousin,
De sa modeste mère.

Mais respectons le Roi,
 Mon cousin,

[1] L'Évêque de Laon, fils du Régent et de Florence, danseuse de l'Opéra. Il avait d'abord porté le nom de l'Abbé de Saint-Albin.

Et rendons-lui justice ;
Il a l'air, par ma foi,
    Mon cousin,
D'un roi de pain d'épice.

---

Notre gaillard ambassadeur[1]
    Voulant faire en Espagne
Le métier d'aussi grand bretteur
    Qu'à **Paris**, qu'en Bretagne,
La Catholique Majesté
    Pour réformer l'église
Ordonne qu'il lui soit coupé
    Sa belle marchandise.

On n'a point vu d'ambassadeur
    En France, en Allemagne,
Etre plus grand instrumenteur
    Que j'étois en Espagne ;

[1] L'Évêque de Rennes, Vauréal, ambassadeur, avait
...dit-on ; le Roi le trouva très-mauvais, et le bruit se
répandit qu'une amputation terrible avait été le châti-
ment de l'audace du prélat.

Cet évêque, dont les mœurs étaient fort déréglées,
fut l'objet de beaucoup d'attaques railleuses.  Nous ne
transcrirons pas ici une épigramme ordurière et bien
connue : " Chez Vauréal, où soupoit Boismorand."

J'ai porté au plus haut degré
Le titre d'excellence,
Et cependant je suis châtré
Pour toute récompense.

---

On dit que son Excellence
La Sultane de Choisi[1]
Continue sa contredanse
Avecque le Grand Sophi,
Et qu'on est dans l'espérance
D'un petit mamamouchi.

---

## 1760.

Les amours de Louis XV provoquèrent tout naturellement nombre de couplets malins. Nous en retirerons quelques-uns des recueils manuscrits qui les renferment.

Chantons une ritournelle
Sur la belle La Tournelle,
Qui la Mailli débarqua;
Ramonez ci, ramonez là
La cheminée du haut en bas.

[1] La Comtesse de Mailly.

La grand jument Vintimille
Tâta peu de la béquille,
 Trop tôt la mort l'enleva;
Ramonez ci, ramonez là;
 La cheminée du haut en bas.


A présent c'est la Tournelle
Qui ne fut jamais cruelle,
 Que Louison amusera;
Ramonez ci, ramonez là. . . .


Attendez mince fortune,
Flavacourt, charmante brune,
 Votre tour aussi viendra;
Ramonez ci, ramonez là. . . .


Il reste encore fillette
Qui vraiment n'est pas mal faite,
 Comme aux autres on lui fera;
Ramonez ci, ramonez là. . . .


Cependant monsieur leur père
N'est pas mieux dans ses affaires
 Pour toutes ses faveurs-là;
Ramonez ci, ramonez là. . . .

Et l'on voit son Éminence,
Le grand soutien de la France,
　　Qui se rit de tout cela ;
　Ramonez ci, ramonez là
　La cheminée du haut en bas.

---

## 1743.

Dans les atteintes de l'amour
　　Dont vous êtes éprise,
Jeune et charmante Rottenbourg,[1]
　　Le ciel vous favorise ;
Si l'absence de Matignon
　　Vous cause maladie,
Aussitôt avec un Bouillon
　　Vous êtes rétablie.

[1] Cette dame est fort maltraitée dans les couplets du temps.

---

Le rappel de M^me de Châteauroux, après sa disgrace momentanée, à la suite de la maladie de Louis XV à Metz, fut célébré par des *Alléluia*.

Célébrons la réunion
De Louison, de Marion,
Qui revint refaire cela.
　　Alléluia !

Promesse estoit faite au bon Dieu

De ne plus jouer à ce jeu,

Mais un casuiste en dispensa.

   Alléluia !

En grande pompe, avec éclat,

De Cythère vice-légat

Richelieu bulles apporta.

   Alléluia !

------

### 1745.

*Sur l'Air—Vogue la Galère.*

C'est aujourd'hui qu'en France

   Tout le monde est content ;

On vit dans l'opulence,

   L'état est florissant,

Et vogue la galère, tant qu'elle, tant qu'elle,

Et vogue la galère, tant qu'elle pourra voguer !

   La brillante marine

     Qu'on voit de notre temps

   Répond fort à la mine

     D'un ministre puissant.[1]

[1] Le Comte de Maurepas était (dit la Biographie Universelle) soupçonné de manquer dans son organisation particulière.

Louis XVI donna, dans sa jeunesse, lieu à de sem-

Pour régir la finance
   Le bon Monsieur Orri
Est bien par sa science
   Digne du pilori.
Et vogue la galère, etc.

---

### 1746.

Amis, chantons entre nous,

A voix haute entonnons tous

Les amours du Grand Monarque

Qui gouverne notre barque.

   Lampons, lampons,

   Camarades, lampons !

blables rumeurs; c'est ce qui explique les chansons
suivantes, faites lorsque le Comte redevint premier
ministre.

Maurepas devient tout-puissant,
V'là ce que c'est que d'être impuissant.
Le Roi lui dit en l'embrassant :
   Quand on se ressemble
   Il faut vivre ensemble,
Les mœurs vont régner à présent ;
V'là ce que c'est que d'être impuissant.

Maurepas étoit impuissant,
Le Roi l'a rendu plus puissant ;
Le Ministre reconnaissant
   Dit, Pour vous, Sire,
   Que je désire
D'en faire autant !

Rappelons les premiers temps
Lorsque dans ses jeunes ans
Il étoit sur la férule
De son vieux pédant Hercule.[1]

    Lampons. . . .

Se trouvant fort à loisir
Il prit son premier plaisir
Avec un créature
Dont très-vive étoit l'allure.[2]

    Lampons. . . .

On le vit longtemps constant,
Mais enfin s'en ennuyant,
Sans sortir de la famille
Il choisit la plus gentille.[3]

    Lampons. . . .

On dit que dans l'entre-deux
Il fit le saut périlleux
Avec une hallebardière
Aussi noire que Mégère.[4]

    Lampons. . . .

[1] Le Cardinal de Fleury ; son nom de baptême était Hercule ; aussi a-t-il bien fait la guerre.

[2] La Comtesse de Mailly.

[3] M^me de la Tournelle, depuis Duchesse de Château-roux.

[4] La Comtesse de Vintimille, morte au mois de Septembre, 1741.

Je crois que c'est un propos
Avancé par des badauds,
Qui voulant ternir sa gloire
Ont lâché ce trait d'histoire.
Lampons. . . .

Que font plus ou moins de sœurs ?
C'est le moindre des malheurs ;
N'en reste qu'une dévote
Qui dans l'église marmotte.[1]
Lampons. . . .

---

1746.

D'Andeline,
Dame fringuante
Et suivante,[1]
Vient de faire

---

[1] Madame de Mailly.

[2] Une des dames de compagnie de Madame Adelaïde de France ; elle fut chassée honteusement de la cour pour avoir donné communication à sa princesse d'un livre intitulé 'Le Portier des Chartreux,' ouvrage ordurier s'il en fut jamais ; la bonne dame fut exilée à Auxerre. (*Note du temps.*) On attribue à un avocat, nommé Gervaise, cette production infâme, qui n'a été que trop souvent réimprimée. Des bibliographes mentionnent des éditions de 1751 (avec des figures gravées par le Comte de Caylus), 1771, 1777, 1787, etc.

Un saut ;
Exilée
Hors de la cour,
Renvoyée
Au son du tambour
Pour un livre
Qu'il faut suivre
Pour bien vivre
En parfait chartreux
Religieux ;
Œuvre utile
A la fille
De ces lieux.

Les recueils manuscrits que nous avons eu l'occasion de parcourir, s'arrêtent vers le milieu du règne de Louis XV ; on continua de faire des chansons, mais elles devinrent de moins en moins nombreuses ; et les orages de la Révolution imposèrent enfin un silence absolu aux rimeurs des couplets. Les 'Mémoires Secrets' de Bachaumont, 'L'Espion Anglais,' les 'Anecdotes Échappées' à ces deux recueils (Londres, Adamson, 1788, 3 vols. in-12) contiennent un certain nombre de ces malices, qui n'ont plus aujourd'hui d'autre valeur que de présenter une des facettes de la corruption sans frein, du dix-huitième siècle.